精彩启迪智慧丛书

使剑的小姑娘

颜煦之◎主编

台海出版社

图书在版编目（CIP）数据

使剑的小姑娘：武侠故事 / 颜煕之主编. —北京：台海出版社，2013. 7

（精彩启迪智慧丛书）

ISBN 978-7-5168-0185-7

Ⅰ. ①使…Ⅲ. ①颜…Ⅲ. ①故事—作品集—世界Ⅳ. ①I14

中国版本图书馆CIP数据核字（2013）第132666号

使剑的小姑娘：武侠故事

主　　编：颜煕之			
责任编辑：俞滟荣			
装帧设计：视界创意 TEL:13306882040R	版式设计：钟雪亮		
责任校对：杨晓丽	责任印制：蔡　旭		

出版发行：台海出版社

地　　址：北京市朝阳区劲松南路1号，　　邮政编码：　100021

电　　话：010－64041652（发行，邮购）

传　　真：010－84045799（总编室）

网　　址：www.taimeng.org.cn/thcbs/default.htm

E－mail：thcbs@126.com

经　　销：全国各地新华书店

印　　刷：北京一鑫印务有限责任公司

本书如有破损、缺页、装订错误，请与本社联系调换

开　　本：710×1000　1/16

字　　数：178千字　　　　　印　张：12

版　　次：2013年7月第1版　　印　次：2021年6月第3次印刷

书　　号：ISBN 978-7-5168-0185-7

定价：29.60元

目 录  MU LU

前 言 QIANYAN

　　这套丛书，是供青少年朋友课外阅读的。1000多篇故事，分门别类，篇篇精彩。这些故事，或记之于史册，或见之于名著，或流传于口头。编著者沙里淘金，精益求精，从中挑选。有的以历史事件为依据，加以整理；有的以世界名著为蓝本，加以编写；有的以民间传说为素材，加以改编。每篇故事1000余字，由专业作家和写故事的高手执笔，力求语言通俗，篇幅简短，情节丰富，适合青少年朋友阅读。

　　这里有惊险故事：冒险、历险、探险、遇险、抢险、脱险……险象环生，扣人心弦。这里有战争故事：海战、陆战、空战、两栖战、电子战、攻坚战、防御战、游击战……声东击西，出奇制胜，刀光剑影，短兵相接，其残酷激烈，使人居安思危，警钟长鸣。这里有间谍故事：国际间谍、商业间谍、工业间谍、军事间谍、双重间谍……敌中有我，我中有敌，真真假假，以假乱真，间谍与反间谍的斗争，昏天黑地，扑朔迷离。这里有传奇故事：奇人、奇事、奇景、奇物、奇技、奇艺、奇趣、奇迹……奇风异俗、奇闻轶事、奇珍异宝、自然奇观，令人目不暇接，大开眼界。这里有侦探故事：奇案、悬案、冤案……在神探、法医、大律师、大法官们的侦察、分析、推理下，桩桩疑案，终于大白于天下，罪犯都被绳之以法。这里有灾难故事：天灾人祸、山崩地裂、洪水漫野、飞蝗满天、瘟疫流行、政治谋杀、宫廷政变、劫持人质……在这些自然和人为的灾难中，涌现出一批英雄豪杰，他们舍生忘死，力挽狂澜，令人起敬。这里有武侠故事：大侠、神侠、女侠、飞侠……飞檐走壁，武艺高强，他们伸张正义，赴汤蹈火，为民除害，令人扬眉吐气，心里痛快。这里有智慧故事：记录了古今中外思想家、政治家、军事家、企业家、教育家、科学家、艺术家，以及千千万万平凡人物的聪明才智。这里有动物故事：写出了人与动物间的情谊和恩恩怨怨，诉说了人类对一些动物的误解与偏见，也写出了动物的生活习性，写出了动物间的生存竞争，表达了人们爱护动物、善待大自然的美好愿望。这里有科学故事：科学试验、科学发明、科学发现、科学探险……写出了古今中外大科学家们的科研经历，写出了他们为人类文明和社会发展所做的不懈努力，颂扬了他们的丰功伟绩。

这1000多篇故事，向广大青少年朋友展示了海洋、沙漠、丛林、沼泽、冰峰、峡谷、太空、洞穴等大自然的奇异景象和神秘莫测。这些故事，写出了恐惧、孤独、饥饿、寒冷、酷热、疾病、伤残……这些人类难以忍受的苦难。这些故事，向青少年朋友介绍了战场、商场、议会大厅、密室……这些地方所上演的一幕幕悲剧、喜剧或闹剧，展示了正义与邪恶的较量、正义战胜邪恶的经历。这些故事，表现出人的智慧和勇敢，颂扬了人的意志和力量。

这1000多篇故事，为青少年朋友塑造了许多有血有肉、可歌可泣的英雄形象，他们在这些故事中所表现出的聪明才智和顽强毅力，能使广大青少年朋友开阔视野，学到知识，增长才干。他们那种不畏艰险、一往无前的精神，更能给广大青少年朋友增添拼搏的勇气和人格的力量。

使剑的小姑娘

清朝年间，歙南有一个名叫吴晋的青年。这人长得一表人材，身高膀阔，面皮白净，常年穿一件石青色长衫，头顶帽的正中镶着一块白玉，衣履精雅，一张脸白里透红，俊秀异常。

他自八岁起就拜师习武，十八般武艺样样精通，尤其擅长剑术。因为在这一带出了名，所以常常收些徒弟，在家调教。

这天傍晚时光，他正在自家道场里点拨徒弟，几个徒弟请他施展几套剑法开开眼界，他一时兴致勃勃，也就拔出剑来呼呼使了起来。待他使完了剑，只见边上远远站着两个人。江湖规矩，不论会武不会武，最忌的是边上有人偷看，他正要发作，定睛细看，原来只是一老一少两个人。

那老者身材矮小，一头灰发披拂两肩，额头全是皱纹，眉头紧锁，就像心有忧愁似的。另一个是个十四五岁的小姑娘。这少女娇憨美貌，圆圆的脸蛋，一对黑溜溜的大眼睛，一眨不眨的只朝他看。

他见他们只是一般不习武的人，不便多说，就一努嘴，问徒弟："这两人是几时来的？为什么让他们站在边上？"

大徒弟回答："这两位说是师父的客人，所以弟子不便多嘴。"吴晋挥挥手让徒弟们休息，自己上前问道："老丈面生得很，此来有什么见教吗？"

那老人拱拱手，道："久闻吴相公剑术通神，不知道能不能赐教一下？"

吴晋心里一愣，心想："真是见鬼了。凭着这么一个糟老头子，难道还想跟我来过招？不过既然来了，定会舞几下子，若是一口回绝，岂不丢了我的威风？说不得只好给他点厉害看看，耍他一耍，也让不知情的人往后再不来找麻烦。"

他也一拱手，道："老伯能赐教，小可求之不得。"

那老人退了一步道："老朽七老八十，哪敢与公子动刀动枪，要比试的是这位姑娘。"

吴晋没想到会这样，瞟了这小姑娘一眼，问道："原来……原来是姑娘要试试小可本领，这……这……"

这姑娘道："怎么样？难道我就不该向公子求教了？"

吴晋笑笑道："刀剑无眼，划伤了皮可不是玩儿的，姑娘不比也罢。"

小姑娘睁圆眼睛道："你说是划伤了你的皮还是我的皮？若是伤了我，我不要你赔就是了；若是你的皮，只要你不哭，咱们可以请郎中来医，这钱嘛，由我来出如何？"

吴晋听了又是好气又是好笑，只好说："好，好，依你，依你，你拔出剑来！"

这小姑娘道："这里那么一大堆人，谁输了都不好看，我们就约在明天吧。地点嘛，由你定好了。"

吴晋啼笑皆非，只好与她约定明天傍晚去湖岸边比试。

第二天，到了傍晚时候，吴晋独自一个来到约定的湖边，只见这老者与那个小姑娘已经早早等着。这小姑娘穿着一套家常便服，手里抱着一把剑，不像与人比剑的模样。

吴晋道："姑娘就穿这套衣服比剑？怕有不便吧？"

小姑娘道："有什么不便的？你尽管放手过来就是。"

话音未落，吴晋只见眼前白光一闪，也不知道她是什么时候抽剑递剑的。他吓出了一身冷汗，连忙拔剑抵挡。不料这姑娘年纪虽小，剑法却精，一剑过去，第二剑又到，瞬时，一把剑舞得犹如一团瑞雪，在他的身边滚来滚去。吴晋开始时心想，区区一个小姑娘，能有多少功力，只要割破她一点衣服给她一点难堪也就是了。不料眼下见她剑术非凡，自己尽力抵挡恰恰才挡得住，心里的一点轻视之心早已收起，小心翼翼地对付。只听见周围飒飒有声，白光旋绕，吴晋整个人已被裹在中间。

吴晋见她一剑紧似一剑，再打下去自己不但占不了便宜，一不小心，反而丧在她手下。他在当地是个有身份的人，如果输给一个十四五年纪的小丫头，这脸面往哪里搁？他看准时机，一跃跳出圈子，叫道："姑娘且慢，你我无怨无仇何必以命相搏？姑娘神技，小生佩服得紧。请教姑娘尊

姓芳名？"

　　那个小姑娘这才收住剑，咯咯一笑，道："师兄果然武艺高强，难怪师父时不时的称赞你。"

　　吴晋心里一愣，自己什么时候有这么一个娇憨美貌的小师妹了？他一辈子里师父有好几个，竟然不知道她是谁的徒弟。

　　刚刚开口要问，这小姑娘已与老者一拱手，飘然走了。看来，她只是来试试他的武艺的。

　　回去之后，吴晋越想越不是味。过去自己老觉得自己一生习武用功，加上天资聪颖，这才习得这身好武艺，估计已是天下少有敌手。不料反而不及一个十四五岁的小姑娘。这话又怎么说呢？从此以后，他虽然还教几个徒弟，但从来不敢在陌生人面前舞刀动剑了。

第一侠士

这里说的天下第一，倒不是指的这人武功最好，或者侠义第一，只是指他闻名最早。

话说春秋时期，鲁国有个勇士，姓曹名沫。这人紫面黄须，豹头环眼，骨骼雄奇，气宇轩昂，以勇力闻名当时。

当时鲁国是鲁庄公在位，他爱慕勇士，听说曹沫武艺不错，就千方百计找来拜他为大将。

正好齐国大举入侵，曹沫身为大将，立即率兵抵抗，无奈齐国国大兵多，曹沫虽然勇敢善战，却因为他于打仗一门是外行，缺了点指挥的本领，任凭他拼死打斗，到底寡不敌众，连打三次，三次都吃了败仗。

鲁庄公也有自知之明，知道自己是个小国，要与齐国这样的大国硬拼，真难为了曹沫，所以一句也没有埋怨他，只说："将军已经尽了力，我不怪你，将军好好休息去罢。"

曹沫是个铁铮铮的硬汉子，听了这话，真比刀剜他的心还要难受。如果鲁庄公骂他一顿，他倒还好受一点，如今鲁庄公依旧重用他，他心里满不是味，回家躺在床上，再不起来。

他妻子劝了他几次，都不起作用。

这天，他听说齐桓公要与鲁庄公到柯这个地方聚会，订立盟约，说到底也就是让齐国白白地割一大块地去，鲁国不许声张。

曹沫一听，福至心灵，马上来了精神。

他起了床，饱吃了一顿，将他珍藏多年的一把雪亮锋利的匕首藏进靴子里，跟着鲁君一起去了。

且说聚会开始，齐桓公是以胜利者的身份出现的，所以他姗姗来迟，一直到鲁庄公等得不耐烦起来，他才出来。

他昂着头，洋洋得意地走上盟坛，也不客气，大模大样地坐了下来；

鲁庄公是战败者，少不得站在一边听候他开口。

正在这时，一直沉着脸站在鲁庄公背后的曹沫，突然起动，跃起身来，就在地上踮了两踮，身子已经来到齐桓公的身边。

几个保护齐桓公的侍卫眼睛一花，见曹沫已上了盟坛，心里大惊，定睛一看，不知什么时候，他的手里已经多了一把雪亮的匕首。

只见曹沫左手挟住齐桓公，右手一把雪亮的匕首搁在齐王的脖子上，嘴里喝道："大王，小将有句话要说！"

事起仓猝，在场所有人都惊得呆了。

离齐王最近的那个侍卫趁曹沫心无二用，飞起一脚踢他的背。

谁知曹沫就像脑后生眼一般，早已飞起腿倒踢，只听见"砰"的一声，那侍卫横着摔了出去。

曹沫厉声喝道："识相的都给我滚开，再敢来动手动脚的，瞧我先一刀宰了你们的主子！"

只吓得齐王脸也白了，连声说："别过来！别过来！你们走开！——有话好说！有话好说！"

曹沫这才沉着声道："大王，你们齐国强大，咱们鲁国弱小，你以强凌弱，杀咱们的人，夺咱们的地，是好汉行径吗？眼下你与我个对个，是我强你弱，你要不要尝尝以强凌弱的味道？"

齐桓公战战兢兢道："曹……曹将军……你到底要干什么？"

曹沫道："也不干什么。就要你将过去从咱们鲁国那里夺去的土地，一五一十全还给鲁国。"

齐王道："这个……这个……"

曹沫道："不用这个那个的，你要不还也可以。不过，今天就是你我两人的死日！"

齐桓公左右一看，今天的架势，明摆着，鲁国的地，不还也得还，还也得还。

他没奈何，只好说："好吧，好吧，曹将军有话好说，何必动粗？你要的土地，还给你们不就得了？"

曹沫大声道："着！大家听见了！大王一言九鼎！"

说完了，他"当啷"一声丢下匕首，大踏步走下去回到鲁庄公的背后去了。他神定气闲，就像没事儿似的。

齐桓公见他走了，这才慢慢儿回过神来。

当然，这个订盟也就这样吹了。

等齐桓公回到朝上，又气又恼，心里又是羞辱，又是惶恐，很想赖账。

他的大臣管仲劝道："当时虽不是大王自愿，但是既然亲口应承了便不好出尔反尔，否则失信于天下，反而得不偿失，越发吃亏。大王请三思而行。"

齐桓公左思右想，总想不出一个两全的计来，没奈何只好将打了三仗夺来的土地一齐还给了鲁国。

曹沫也以他非凡的勇敢和武艺获得了"天下第一侠士"的称号。

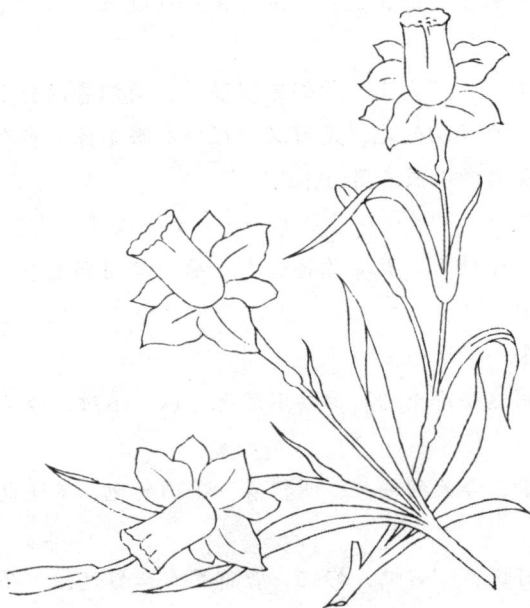

专诸刺吴王

春秋时代，江南江苏一带有一个诸侯国，叫吴国。

当时在位的王叫吴王僚，这人脾气很坏，干什么事都非常任性、残暴，动不动就杀人，自己则生活奢侈，不顾百姓死活，弄得民怨很大。

当时吴国的公子中有一个叫光的，是个很有心计的人。这人长得风骨清美，目秀眉清，温文儒雅，但是实际上是个阴谋家。

他早就想当吴王，见吴王僚神憎鬼厌，知道时机已到，就打算找个人暗杀他，然后取而代之。

可是吴王僚知道大家对他没有好感，人人想杀他而后快，所以防范十分严密。他养了一大批死士，轮流值班，里三层外三层地包围住他自己的宅子，日夜与他寸步不离，刺客很难动手杀他。

公子光四处寻找，终于被他打听到一个人，名叫专诸。

专诸长得骨瘦如柴，细眼疏眉，小鼻小口，两颧高耸，面白如纸，周身仿佛笼着一层淡烟。他日常里说话很少，但是为人尚侠，极重义气。

公子光摸熟了他这一点，就将他收在门下，平日里奉他若上宾，三天一小宴，五天一大宴，待他十分的客气。

专诸知道他对自己必有所求，有一天对他说："公子在上，在下很有些自知之明，虽然会些武艺，但天下武艺高于在下者多有，公子如此对待，必有事要在下办，还请公子示下。"

公子光道："这是哪里的话？先生武艺高强，人品高尚，令人可敬可佩，我只是仰慕才请先生久居这里，先生不要多心。"

专诸再三请他说出来，公子光这才屏退众人，"噗"的一声跪了下来。

专诸吃了一惊，忙扶起道："公子怎么行起这般大礼来，岂不是要折煞专诸？"

公子光流着眼泪道："我本不想就此说出来，现在先生苦苦相逼，我只好说了。——自吴王僚即位以来，左右大臣平白被杀的已二三十个，百姓生灵涂炭，先生也不是没看见。这厮为人残暴，杀人不眨眼，百姓又生活在水深火热之中，光某左思右想，要解救百姓于倒悬，只有杀了这厮。而这厮自知恨他的人多如牛毛，所以防范得十分严密，要杀他谈何容易？除了先生，没有一个人能伤得了他。望先生看在百姓面上，救一救百姓则个！"

说着，眼泪又流了下来。

专诸原是个侠义的人，听到这里，如何不感动？他半天不吭声，道："在下不是爱惜自己的小命，只是万一失手，没将这厮杀了，叫我如何对得起公子？"

公子光道："这事光某也前思后想了多日。咱们得如此这般……先生以为如何？"

专诸道："公子这个方法不错，只是这厮往往身穿重甲，到时候得有一把削铁如泥的好剑方能成事。"

公子光道："专先生稍待，我去拿一把短剑先生看！"

他进去不一会，取出一把短剑来，递给专诸。

专诸轻轻抽出一看，只见这匕首长仅九寸，宛如一泓秋水般精光四射。剑尖上有寸许长一段银光，微一舞动，便似长蛇吐信一般，发出数寸的银虹来。果然是把宝剑。原来它正是当时名师欧冶子所铸的"鱼肠"剑。

专诸道："真是把好剑！有了它，就可以动手了！"

这年，吴王僚派他的兄弟去攻楚国，国内所留下的兵马甚少，公子光见这时不动手更待何时，就与专诸说了，准备即日发难。

这天是四月丙子，公子光预先在自己屋里伏下了500甲兵，然后备好了丰盛的酒筵，派人去请吴王僚来吃饭。

吴王虽然知道宴无好宴，筵无好筵，但是他心想公子光是个炙手可热的人物，得罪了他也多有不便，只要自己防备得严，难道还怕他不成？就下令派兵从自己的家门口一直排到公子光的门口。这一列足有三里路长，只见刀槊锃亮，铠甲鲜明，十分的威风。

他本人则在死士的簇拥下从兵队中直接来到公子光家中赴宴。

他以为自己防卫得如此滴水不漏，定然安然无恙。

酒菜上来前都是公子光亲自先尝过的，酒是仙酿芳醇，菜是佳肴珍果，真称得上是芳腾齿颊，隽美非常。吴王放开肚子大吃，不一会便吃了个撑肠挂肚。

突然，公子光站了起来，告罪道："大王稍坐，小臣脚痛，去另室敷一点药就来。"

说着，他一拐一瘸地进里屋去了。

其实这是让专诸上菜下手的暗号。公子光才进去，一个身穿仆役衣服的瘦高个灰扑扑地上菜来了。

只见他手不颤，脚不抖，神定气闲，一点也不紧张，双手捧着一条烧好的大鱼，走到吴王跟前，恭恭敬敬道：

"大王请用，这是为大王特地烧的美味鳜鱼！"

说着，将大盆放在桌上，接下来的几个动作疾如闪电：只见他霍地从鱼肚子里抽出一柄短剑，"嗖"的一下从吴王的肚子里刺了进去，然后往上轻轻一撩。

吴王僚身穿三重重甲，但在这把犀利无比的鱼肠剑下犹如划豆腐一般，竟然一剖为二，鲜血恰如喷泉一般喷将出来，连刚吞下的好酒好菜也一并流了出来，眼看是活不成了。

吴王僚背后十七八个侍卫狂叫一声，刀槊齐下，可怜专诸一身本领，为了生怕吴王死不绝，多撩了一剑，竟然没有逃出身来，眨眼间已被人剁为肉泥。

公子光躲在地下室里，听得事成，一声令下，甲士齐出，杀散了卫队，夺了王位。

可惜专诸至死不知道他在为百姓讨活路之余，竟然也帮这个阴谋家篡夺了王位。

而那把鱼肠剑也从此失踪，再没人知道它的去向。

侠士毛遂

　　公元前260年，秦国大将白起打败了赵国大将赵括，乘胜带兵长驱直入，攻打赵国的国都邯郸。

　　赵国人马死伤惨重，损失巨大，抵抗不住，只好派了相国平原君去向楚国国君求救。

　　平原君想在门客中挑20个文武双全的人同去，一来可以在危难的时候保护自己；二来以便在自己拙于应对的要紧关头站出来说上几句，但是遗憾得很，挑来挑去，连挑三天，就只挑了19个，再也挑不出来最后一个人。

　　这天，平原君正考虑没20个人，就带19个人去吧，主意未定，突然下面有一个人站起来，大着声自己推荐自己说：

　　"相国若不嫌弃，就带上我毛遂吧。"

　　平原君惊异地看了他一眼，只见这人环眼虬髯，身材矮壮，一副粗豪的神色，然而人却陌生，就客气地说：

　　"请问先生到舍下有几年了？"

　　这人声若震雷，直着嗓子叫道："相国少见鄙人，其实小的前前后后来了也有三个年头了。"

　　平原君顿了一顿，缓缓说："一个有才能的人，就好像一把锥子放在衣袋里一样，锥尖原该早已戳出来了。先生来了已有三年，我怎么不但不知道，就连脸也不熟呢？"

　　毛遂说："这是相国没将我放进衣袋里去的缘故，一放进衣袋里去，自然出来。现在就请相国试一试吧。"

　　平原君见他说得在理，就说："那就试一试吧。各位及早准备，咱们下午出发！"

　　于是平原君就带了他一起出发了。

到了楚国，楚国国君心里害怕秦国，在会谈中，他跟平原君东拉西扯地瞎扯，一直谈到日头正中还是定不下来。

毛遂手按剑柄上前，大声说："联合起来打秦国的事，三言两语就可以解决的，大王从一大清早说到中午还是决定不下来，这到底是为了什么？"

这话声音好大，震得屋瓦上的灰尘也簌簌簌地往下落。

楚王不防有他，吓了一跳，沉下脸问边上人道："这位是什么人？"

手下说："这是平原君带来的门客。"

楚王见他只是区区一个门客，就不客气地说："寡人与你们相国在共同商讨国家大事。你也不自己想想，你算是老几，敢来没规没矩地咆哮插嘴？还不与我下去！"

毛遂手按剑柄，纵身一跃，刷的一下来到了楚王跟前。

站在楚王边上的两个侍卫大惊，忙举手中的戟去挡，不料毛遂犹如一尾游鱼，倏的一下从他们二人中间滑了过去。

那一个最高大的侍卫突然之间，只觉得自己腰间被人一托一摔，身子便如腾云驾雾般飞了起来，"砰"的一声摔在石阶之下，只跌得头晕眼花，半天喘不过气来。

其余几个侍卫还想上前，定睛看时，楚王的一条胳膊已经被毛遂牢牢攥在手中，偌大一个身子，被毛遂提着，恰如老鹰抓小鸡一般。毛遂的右手还握着一把雪亮的刀，侍卫们吓得全停住脚，一动也不敢动。

毛遂又贴近一步，说："大王之所以敢在这里神气活现地训斥我，还不是因为你手下有几个兵卒？现在，你的命就捏在我毛遂手里，你还神气个什么？"

楚王虽然本身也有几分蛮力气，但只觉得自己的胳膊握在他手中在"咯咯"作响，就要断了似的，发不出威来，只好讷讷地说："壮士……壮士，咱们有话好说，何……何必动粗？"

毛遂道："那好，你与我听着。楚国地大物博，方圆五千里，兵卒上百万，原可以称王称霸，反而被秦将白起这小子一而再、再而三打败，你竟一点也不感到羞耻。你脸皮厚能忍受，我是看了都难为情。赵国的耻辱也正是楚国的耻辱，我们要与你们联合抗秦，原是为了你好，让你挽回点面子，你反而推三阻四地答应，到底是什么道理？"

楚王被他理直气壮地指责了一顿，没话可说，只好答应与平原君歃血为盟，共同抗秦。

毛遂说："话是这么说了，我可不放心。这样吧，咱们马上动手，谁若敢对我们公子动手动脚，我先宰了你们的大王。"

众侍卫见他这般好武艺，楚王又一直被人执在手里，如何敢轻举妄动？

于是，在毛遂的监督下，大家立刻歃血为盟。

平原君回来以后，带了三千名敢死队，与楚国、魏国的军队一起反击秦国军队。

秦兵一见三国势大，也就退了回去。这才解了邯郸之围。

从此，平原君再也不敢小看这个自己推荐自己的毛遂，拿他当上宾看待了。

义胆少年

　　秦朝末年，起来造反的人特别多。几场混战下来，渐渐儿只剩下刘邦和项羽两家了。当时刘邦手下有一个名叫彭越的大将，打仗很会动脑子，常常避开项羽的正面，偷偷从背后袭击楚军军队，故而项羽恨透了彭越。

　　这天项羽带兵去攻打外黄。外黄的守军在彭越领导下闭门不出，项羽急了，就把攻城的方法都施出来，死命地攻城。如此这般连攻15天，到了第16天，外黄城内死伤惨重，粮食不济，眼看城池不保，不得已只好竖起白旗投降。接受投降那天，项羽骑着他的那匹黑马，带领着大队人马浩浩荡荡进城。

　　他想起为了攻打此城，不仅耗时多日、死了许多军士，还使他折了好几员爱将，不禁虬髯戟张，眼露杀气，吩咐部下道："可恨这批天杀的恶贼如此可恶，明知是我楚王来，不但不及早投降，反而打死烧死我许多人，不杀这些人不足以解我心头之恨。你们连夜去将城围住了，凡15岁以上男子，一个不漏地与我带到城东挖坑埋了。"

　　副将得命，领了人马，将外黄15岁以上男子押送往城东，说："大王有令，要在这儿挖个水池。大伙快快动手！"

　　众人还不知道死已临头，只好饿着肚子干活。

　　且说当时外黄县令有一个姓屠的门客，他有一个13岁的儿子名叫屠洛平。

　　这天他见爸爸和哥哥被项羽的士兵抓去，就偷偷跟在后面，想去看个究竟。当他走过一棵大树的时候，听见树下两个项羽的老兵在谈话。

　　一个山羊胡子的说道："唉，看来今后外黄的城东是不能走夜路了。这么多冤鬼在那里，谁还敢去？"

　　一个秃头摇摇头道："动不动就埋人，打仗以来，前前后后也不知埋掉多少人了，这样下去，迟早有一天要将所有人全埋完了……"

屠洛平听到这里猛吃一惊，吓得脸都黄了，耳朵嗡嗡直响，心想，原来叫他爸爸和哥哥去挖水池是假，挖完了就将他们活埋在里面是真。爸爸和哥哥都死了，自己活着还有什么意思？不如上项羽处去评理，救不了大家大不了也是个死。主意已定，他拉开步子直往项羽住的原县令衙门跑去。刚跑到门口，看见一个大汉，正带了一大群将军威风凛凛出来准备上马。

只见这大汉身长九尺，风格雄奇，脸皮漆黑，浓髯满腮，目光炯炯，声若震雷，站在地上犹如一座铁塔。

他知道这人一定就是项羽，就大着胆子跑上前去，行了个礼，道："将军可就是项大王？"

项羽粗着声道："正是。别的人别说是孩子，就是一等一的英雄好汉见了我也怕三分，你怎么不怕我？"

屠洛平壮着胆子道："请大王告诉我，你干吗要杀死咱们全城的人？"

项羽神色一变，道："这话怎讲？你是哪里得来的消息？"

屠洛平道："大王将全城15岁以上男人悉数赶到城东让他们挖坑，挖完了就要将他们全部活埋。可有这事？"

项羽一听，索性沉下脸来，道："本大王向来杀人如麻，要杀就杀，你为什么不去问问外黄城的人，他们干吗要帮助彭越？"

屠洛平这时早已将生死置之度外，大着胆子上前道："彭越这个家伙横行霸道的，咱们打不过他，只好暂且投降他。这是为了保城等待大王的到来。大王难道还不明察？"

项羽圆睁环眼道："你小小年纪倒会花言巧语。如果真心投降我，原该我一来就大开城门迎接，为什么反而死守城池伤我许多将士？"

屠洛平一点也不害怕，反倒迎上一步，仰起脸来盯住他，道："伤大王军士的是彭越的人，他们现在早已逃走。大王抓不到他们，就将气出在我们老百姓身上，要活埋我们全城的男人，以后谁还敢投降大王？"

项羽大吼一声犹如半空中起了一个霹雳，劈胸一把将屠洛平揪住，提在空中，舞了两舞。

屠洛平大叫道："我一个孩子死不足惜，可惜大王这般乱来，迟早要断送自己的大好霸业，还请多想想吧！"

项羽大笑一声，将屠洛平在空中又转了半个圈，轻轻放在自己的马鞍上，道：

"看不出小小一个孩子，竟有这般勇气！这孩子言之有理，本大王就听你一句！"

说罢自己也一跃上马，带了屠洛平来到城东，亲自下令释放了全城的男子。

外黄的老百姓见屠洛平如此勇敢，没有一个不对他既感激又钦佩的。

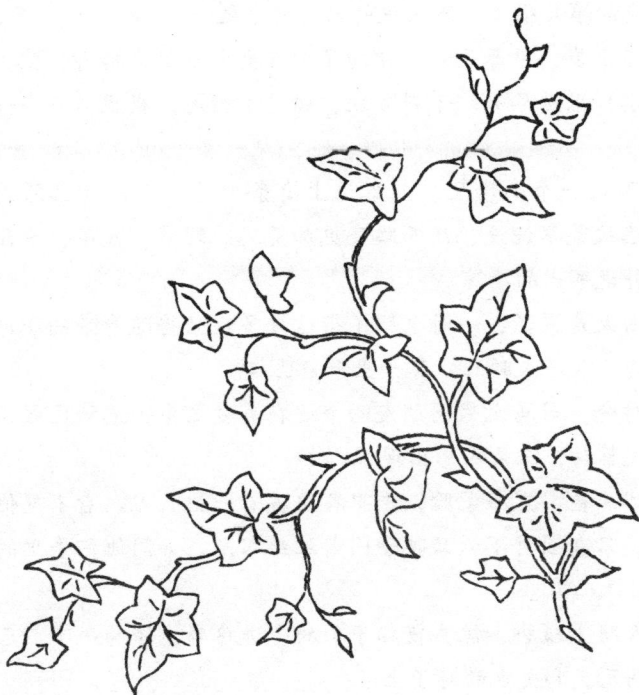

司马元武退盗

东汉时，有个名叫司马元武的人，曾任左武卫大将。这人长得丰神俊朗，宛如玉树临风，着实是个美男子。其实这人胆识过人，武艺高强，年轻时喜好游山玩水。

俗话说，走的路多，遇的事也多。司马元武可说是无处不到无处不去，因此，遇见的事儿很多。下面说的只是其中之一。

这年他才二十岁，见春天好，便约了朋友史也一起去踏青。他们玩了一天，跋山涉水，很是尽兴。不料贪玩，错过了宿地，夜里只好在一个亭子里过夜了。

这路亭坐落在一个山坳里，原本边上有条小道，不知什么原因，少人走动，竟然已被荒草湮没，故而路亭更加荒芜。野草，荒亭，夕阳，山风，让人有一种说不出的凄凉。

两人因为白天走累了，一时也顾不得这许多，只将随身带的小包当做枕头，倒头便睡，人还未睡正，鼻子里鼾声已起。

约莫三更时分，司马元武同朋友两个还在美梦之中，危险已经悄悄临近。这时，风吹草动，三条人影出现了。

这三人一律黑袍，黑布蒙脸，手里各自握着一把长刀。看不见他们的脸长得怎么样，只在圆月下六只眸子闪着丝丝寒光，如同他们手里的那三把长刀一样地让人心寒。

三个蒙面人蹑手蹑脚，像头夜猫子似的走进路亭，倏的一下，已有两人将刀搁在司马元武和史也的脖子上了。

三人中那个没动刀的像是为首的，他刚要开口下令杀人，不料司马元武被刀一寒，醒了过来。他睁眼一看，马上明白了是怎么一回事，就翻身坐了起来。

那个为首的笑道："娘的，不料夜里这趟买卖失了风，不但分文未

得，还差点儿要了老子的命。回来路上见了你们两位，说不得只好委屈两位了。识相点，有什么都拿出来，免得咱们动手！"

史也虽然睡得死，被他这样一吼，如何不醒？他睁眼一看，三魂里已经走了两魂，忙不迭道："大……大王，有话好说……有话好说……我们拿出来就是……"说着，就将随身带的几两散银及身上的饰物一件件取了出来，放在地上。

司马元武是个习武的人，胆子自然要比史也大了许多，他见那把明晃晃的刀子还搁在他脖子上，知道要反抗也还不是时候，也就装得乖乖儿的，故意抖颤颤地说：

"三位好……好汉，我们只是外……外出游玩的人，随身……随身没带什么好东西，多……多有得罪。"

那头儿道："也真晦气，就这么一点东西吗？这点东西连让大爷喝顿好酒都不够数呢。——哈，小子，你这双靴子看上去还不错，怎么样，还是你自己脱下来吧？免得老爷动手了。"

司马元武故意装得万分舍不得，结结巴巴道："好……好汉爷，小子就这双靴，还得……还得走百十里路呢，打着赤脚怎么回去？" 众强盗喝道："少废话，你是要命还是要靴？！" 司马元武道："是，是……要命，要命！" 说着，他就假装脱起靴子来。他龇牙咧嘴地装得怎么也扒不下来，嘴里说道："昨天走了一天，晚上又没脱，看来是脚发胀了……"

那为首的道："该死的，阿三，你就帮着他脱一脱！"

那个将刀搁在司马脖子上的家伙心里不高兴，叽里咕噜着放下刀，双手扳住司马元武的靴子，真的来脱。

司马元武就等着这一刻，见他蹲下，即刻霍地站了起来，猛的一拳击中他的面门，同时用脚一挑，将他搁在地上的那把刀挑到空中，一把接在手里。这几下是他事先盘算好了的，前后一气呵成，兔起鹘落，十分连贯。

站着的两个强盗吓了一跳，大叫一声，急忙挺刀分成一左一右夹着来斗。司马元武将刀当胸一挥，"当当"两声，架开两刀，一个后翻脚，轻轻巧巧地将史也转在自己背后，然后顺手一划，将那个倒在地上兀自晕乎乎的家伙一刀剁个正着。

那两个强盗眼看这青年手脚麻利，动作敏捷，每一招都有目的，知道今晚是遇上了高手，如果不拼死一搏，恐怕难逃性命，呼啸一声，舍命来攻。

这两人中，那为首的武艺不错，另一个喽罗却是个没用的。司马元武一刀在手，犹如老虎添翼，指南打北，指东打西，脚踩七星，刀划圆弧，十二刀下来，已将那个喽罗剁翻在地。

三人中已死去两个，那个为首的心里已经发慌，不出五个回合，又露出破绽来，被司马元武一刀架开了他的刀，顺势一划，那人的右手已经报废，再补上一刀，就呜呼哀哉了。

直到这时，史也才睁开眼来，原来他见斗得凶，索性闭上了眼睛。可是也因有了这一次险遇，司马元武从此胆子大了许多，办事果断了许多。

壁上游龙

话说唐朝贞观十一年，一天，唐太宗李世民随身带了几个侍卫，亲自登门上左武卫大将军秦府，去探望秦叔宝的病情。按说，李世民贵为皇帝，是不能轻易上大臣府上去走走的。但是一来李世民与秦叔宝等人是生死之交，关系不同于一般君臣；二来李世民是个比较开通的皇帝，从不摆皇帝的臭架子。

一声通报进去，出来跪接的人却有一大班。唐太宗乐呵呵地忙说："起来，起来，这里不是朝上，大家免礼吧。"

站起来一看，除了秦叔宝，还有尉迟恭、程咬金和柴绍等人，他们也是相约了前来探病的。

秦叔宝将皇上及一应朋友请进厅内坐下。唐太宗先问了秦叔宝的病情，然后一一询问尉迟、程、柴各人的情况。当问到柴绍的时候，忽然看见柴绍背后站着一个年轻人。这人十七八岁年纪，脸型微见削瘦，但气度不凡，两眼炯炯有神。

唐太宗笑着说："柴爱卿，你身后站的是哪一位？"

这年轻人上前一步，跪倒在地叩拜。

柴绍代为回答说："这是小臣的弟弟柴绛。"

唐太宗猛然记起来，问："莫非就是人称'壁上游龙'的那一位吗？"

柴绛说："回皇上话，这是江湖上的人叫着玩的，当不得真。"

唐太宗一辈子都在打仗，极是喜欢武艺，平日光是有名的弓就收集了三百多把，听说天下有什么异能的人，总要千方百计收罗在自己的手下。他早听说柴绍有一个弟弟，轻功甚是了得，只是半信半疑，今天碰巧遇到这么一个君臣可以随便一点的好机会，如何肯放过？就笑着道：

"卿且起来说话。朕听说你自小禀赋神异，身轻如燕，这话可真？"

柴绍道："回皇上的话，臣弟跑得快一点是有的，说会飞檐走壁，却是添油加醋的话。"

程咬金粗着嗓门道："皇上，身轻如燕还是身重如猪，这是一试便明白的事。皇上若要看他的真本事，试一试不就得了？"唐太宗道："程将军快人快语，就这么办。朕找个跑得快捷的人来和你比一比如何？"

程咬金道："叫什么人？就老程一个，他逃我追，追不住是他身轻如燕，追住了他是壁上游虫。如何？"

唐太宗道："朕正要一观柴卿特技。柴卿，你意下如何？"

柴绍垂手道："回皇上，这主意好是好，只是四处乱跑了，众大人未免要看不真切，就限在大厅里吧。" 众人道："如此更好。" 说着，秦叔宝令人将桌椅家什挪过一角。这时的程咬金，虽已上了年纪，但身手还是着实不凡。他霍地脱了官服，束一束腰带，道："小柴你小心了！"说着，张开蒲扇大小般的两只手去抓柴绍。

且说秦琼府的正厅虽然着实不小，但柴绍深恐惊了皇上，不敢在唐太宗的身前身后躲闪，这么一来，地方已经缩小了许多；再加上他要在皇帝面前卖弄，所以开始只是轻轻巧巧地一闪身，倏地转到程咬金身后。如此一连三把，都抓他不着，逗得众人哈哈大笑。程咬金被笑声一激，抓得兴起，索性手脚并用，又是挥臂又是扫腿起来。但柴绍滑如游鱼，竟连他的衣角也没碰着。

尉迟恭道："老程，我来助你一臂之力！"

说着，他也脱了官服，帮着程咬金一起阻拦起来。尉迟恭貌若粗鲁，其实粗中有细。他或声东击西，或急进急退，他一加入，确是给柴绍的闪躲造成了一定的困难。尉迟老程二人原本就长得人高马大，在这么个厅中伸腿伸胳膊的一张，犹如一张大网一般。柴绍见这正是他献技的好机会，如何肯放过了？就施展轻功满厅地游走起来。只见他身子恰如一溜青烟，来去如电，一时身法似鬼似魅，一时又像凌虚飘行，足不点地一般。众人见了不由得齐声喝起彩来。

这喝彩声分明是在取笑两人的无能，这叫他们如何咽得下这口气？只见尉迟恭向程咬金使了一个眼色，两人立即并肩一站，各自张开手，从厅这头缓缓向那头拦去。这招果然灵验，柴绍左右闪动，几次均被挡了回来，只好步步后退，眼看就要被逼入厅角束手就擒，只见他蓦地一纵飞身

上墙，脚一点，像一只大鸟一般，飞过两位将军的头顶，飘身厅中央，直气得程咬金哇哇大叫。这一特技引得在座众人没一个不目瞪口呆，好一会，才鼓掌叫起好来。

唐太宗站起身来，双手轻轻一拍，道："两位将军手下留情，柴卿快快谢过了！"

柴绍微微一笑，躬身向两位将军致礼，然后又转身站到柴绍身后去了。只见他气不喘心不跳，神色平和，丝毫不露恃才傲物的神色。

无名侠

  唐朝时，有一个名叫陈济的人，无意中救了一个盗贼石成伐，也丢了官职。

  数年之后，一次陈济去云贵一带经商，中途被强盗洗劫，只剩了一个光身逃出，身无分文，衣食无着，正没奈何处。

  这天在街上闲荡，想找个零活干干，赚点盘缠回家。忽然听见街上锣声当当，县令大人正坐轿路过。他无意中抬头一望，只见这人好生面熟，再仔细一看，不由吃了一惊，这县令不是他过去救的石成伐又是何人？正要开口问人家，县令姓甚名谁，蓦地听见县令说："轿停一停！"

  轿夫歇下轿来，石成伐出来，向陈济一拱手道："尊驾可是陈济恩公？"

  陈济见果然是石成伐，大喜过望，忙一面行礼，一面回答："小人正是陈济，你，大人——"

  石成伐向他使了一个眼色，道："邂逅陈恩公，三生有幸。来人，再抬一顶轿来，接陈恩公上我家去。"

  此后的十天里，石成伐除了上衙门办公，其余时间一直陪着陈济。两日一大宴，一日一小宴，或戏耍娱乐，或游山玩水，或斗酒唱曲，总之着实的款待陈济。

  原来石成伐自逃得出狱来，又狠狠地做了几票大买卖，手里一有钱，就捐了个县令当当。这时他已改姓为朱了。

  且说十日后的一天，陈济早一天因为多吃了一道海鲜拉起肚子来，一夜之间竟上了七八趟厕所。

  事也凑巧，等他第八次上厕所时，已是三更时分。他从厕所回来，正路过石成伐夫妇的卧室，忽然听见屋里正在谈到他。陈济不由得竖起了耳朵，放慢了脚步。

"……虽说于老爷有恩，也不至于要老爷一陪十天，连妾屋里都不跨进一步……"

"夫人别这么说，当年如果没有他相救，我早身首异处……"这是石成伐的声音。

"老爷当时不是早已想好推托之辞，即使没有他救你，也未必会定你的罪。"

"夫人真是妇人之见。陈济是一个厚道人，我说我是个丢了盘缠的过路人，只能骗得了他，却骗不了别人。等到一推二问地上起大刑来，证据自然越来越多，我身上背着十二三条人命，如何逃得过？"

听到这里，陈济的头脑中不禁"嗡"的一声，眼前金星乱冒，脑中乱成一团："我只当放走的是一个假强盗……一个货真价实的杀人越货的大盗……还陪上了祁老三的一条命……"

"……那么以后老爷打算如何处置他？"

"我一时也想不出，夫人能为我出个主意……要不重重送他一笔钱财……要不弄个安闲的小官给他当当……夫人摇头干吗？"

"老爷有所不知，刚才老爷自己也说，你瞒得了一时，瞒不了一世。你怎么知道陈济事后不知道你身上背有人命？"

"……我事后着人去细细打听过，牢子祁老三是当夜自杀身亡；过不了几天陈济也辞官走了。想来是他怕身受牵累，晚走不如早走吧……"

"老爷怎么能断定他不是事后明白了你的真相才走的呢？"

"这话说的也是。只是……只是这几天里他好像没一丝表露出来。"

"老爷也真是，眼下你有权有势，他怎敢与老爷翻脸？你怎么能担保他离开后不去告发？"

"这……这不会吧。他去告发于他何益？"

"老爷怎么聪明一世糊涂一时？他去告发了你，不但可以得一大笔赏金，还可以官复原职。"

"啊……那……夫人说该怎么办？"

"量小非君子，无毒不丈夫。老爷还不如——"下面没说出来，想来是做了一个手势。

"这……这……这，也只好这样了——"

陈济不等他的话说完，已神魂俱乱，一时不知所措。但就那么一刹

那间，他马上镇定下来，虽然肚子拉得手脚酸软，还是当机立断，房也不回，立即轻手轻脚去了马厩里偷牵了一匹马，开了后门，上马就跑。他也不辨方向，一路急奔，每逢到岔路口，或在相反方向故意丢下一只鞋，或在同一方向丢一件衣服，虚虚实实布下了疑阵。等跑出六七十里外，已经全身瘫软，口涎直流，再也骑不住马，只好下了马。他怕马的目标太大，会被追他的人认出来，一拍马屁股让马自己走了。然后找了一家小客店住了下来。

他本来已经是肚子泻空了的，加上这番奔波折腾，已是委顿得很，只要了碗面草草地吃了，早早上床睡下。只是想到他陈济这般舍命救石成伐反被他加害，不禁五内沸然，心浮气躁，一时翻身打滚再睡不着。他将这事的前前后后想了一遍，越想越愤懑填膺，血脉贲张，心中气苦，不知不觉间骂出声来：

"石成伐，你这个盐里生蛆天杀的坏蛋，我上了你的恶当，丢官丢家不说，还为你白白送掉了一条比你好一百倍的好人的命，现在你还要忘恩负义地与你婆娘商量着来害我。你干这等伤天害理的事，莫非真不怕天打雷劈了吗？"

他一肚子窝火，臭短臊长地将石成伐骂了个遍。

正骂得痛快，眼睛一花，屋里已多了一个人。这是一个浑身黑衣的中年人。他脸皮蜡黄，身材瘦削，双目炯炯。

陈济一惊，就住了口，哑着声音，问："尊驾是哪一位？打哪儿进来的？"

这人道："你且休问我是什么人，且问先生可是陈济？"

陈济怒气上冲，噌地跳下床来，道："是又怎么样？你这鼠辈多半是石成伐派来追杀我的人。你助纣为虐，为虎作伥，总有一天要招万人唾骂。妈的，砍了脑袋也只碗口大一个疤。陈济的脑袋在这里，你来砍去就是！"

那人一笑道："陈公要死还不容易？在下要杀，十个也杀了，只是刚才我躲在你床下听到你的詈骂，好像不是你得罪了石老爷，而是石老爷对不起你。陈公能说得详细点吗？"

陈济道："除死无大难，我说了又有何妨？"

于是陈济就将放石救石的前前后后说了一遍。

听后，这黑衣人深深一揖，道："在下正是这负心贼派来的刺客。不瞒陈公，在下原来也是黑道中人，曾闻那次同道失风被捕、盗首失踪的事，常感蹊跷，不料这厮现在成了堂堂正正的县令老爷，而我真的在助纣为虐。陈公在此稍候，待在下去取了这贼夫妇的首级来。"

说罢又深深一揖，飘然出门。

不到三个时辰，店外马蹄声急，只见黑衣人手提一只革囊，肩上扛一袋沉甸甸的东西进来。

他见了陈济，打开革囊，一拱手道："陈公请过目！"

革囊中血淋淋的一男一女两颗脑袋，不是这对狗男女又是谁？

接着，他又将背上的银子交给陈济道："陈公一路上缺少盘缠，这不义之财正可以用，其余财产小人自会散给穷苦百姓。"

陈济嘘了口气，道："适才多有冒犯，这里谨向壮士谢过。壮士这般仗义，能否赐告尊姓大名？"

黑衣人道："贱名不敢有污尊耳。在下一生没做几件好事。适才那件如果算得上，也是多亏陈公指点。陈公以后不可轻信小人。多多保重，咱们后会有期。"

说着身子一晃，已提着革囊上了马。只听得见蹄声得得，不一会儿就消失在大道之上。

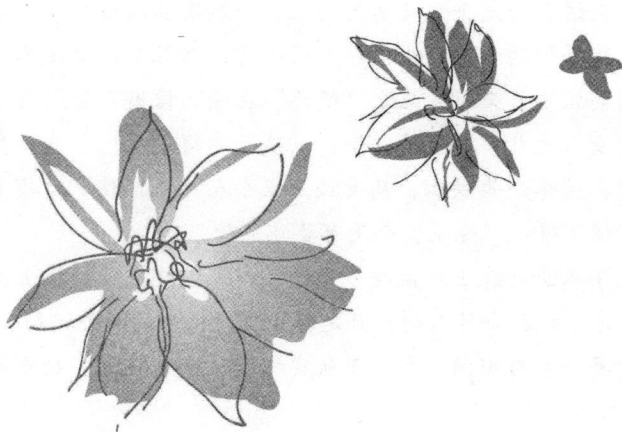

绳王越狱

　　话说唐朝，嘉善贪官杨旦被飞叉王杀了，飞叉王又被绳王救了出去。于是嘉兴几个公人四下里打探，终于找到一点线索，说嘉兴的乡下有一个中年人善于耍绳，有"嘉兴绳王"之称，据说他随身带得长绳一条，绳在他手里硬时如铁，软时如蛇，可刚可柔，十分了得。只是到底有多大能耐却没有一个人说得真。不过细细想来，一次是常熟助飞叉王杀死"杨旦"，一次是劫狱，两次都有人见到一条"细长竿子"，会不会与他有关？再深入打探，才知飞叉王果然是这绳王的好友，这样两下一参照，想来是这人无疑了。但是且慢，既然又是一个异人，要抓他可得煞费心机，还是再叫嘉兴捕头刘老二干吧。

　　且说半个月后的一天夜里，嘉兴绳王到城里朋友家喝喜酒，吃了晚饭已是三更时分。这家人家屋窄人多，他只好去就近宿店投宿。才走到一家人家门口，只听见屋里有个女人在尖着嗓子大叫："救命呀！救命呀！杀人了！"嘉兴绳王原是个见义勇为的人，一听有女人喊救命，如何坐视不救？连忙三脚并作两步抢过去，推开门一看，只见里面黑漆漆的伸手不见五指。他刚要止步，又听见床上"呜呜"在响，像有人被捂住了嘴，想来是贼人在对女人无礼，就大喊一声："贼子休得无礼！"才一步抢进屋，却脚下一绊，咕咚一声跌倒，马上被三五个人死死按住。火摺子一亮，捕头刘老二嘿嘿笑道："绳王，今天可要委屈你了！"

　　众人七手八脚将绳王缚成粽子似的，叫来一辆车子，扔上去，径直上捕房去了。原来喊救命什么的，只是刘老二想出来的一个骗局而已。

　　第二天县令亲自审问，要绳王从实招来，说杀杨旦、劫死狱有没有他的份。

　　绳王一口咬定说他只是一个庄稼人，平日种田为生，决不惹是生非，有人叫他绳王什么的，只是他种田之余农闲时打几根麻绳出售，因为绳打

得结实耐用，这才得了这个外号。县令三番五次软硬兼施，他总是这几句话。因为人证都是官家人，又是睡眼惺忪的当不得真，物证是半丝也拿不出来，这件案子就这样搁了下来。

且说这年正是唐玄宗李隆基当朝，天下太平，历史上称"开元之治"，嘉兴一带流行逢年过节百家竞技。到时候，各村各地，凡会杂耍百艺的，纷纷在广场上各献其能，围观者人山人海，往往几日几夜中热闹非凡。后来成了风气，凡是某地这年百技节里能拿得出惊人杂耍的，就名声大振，当地产的东西好销好卖，种田人能白白得到肥料，当地人去了外地也人见人敬；某地若是该年玩艺平平，则当地人这年中就休想抬得起头来，做生意的没人光顾，种田的没人肯卖秧苗给你，有事求人的也多遭白眼。故而当地的下至族长村长里长，上至官府小吏县吏，今年春节才过，已在挖空心思盘算下年该拿些什么玩艺出来：有的办起教坊，从小训练培养；有的四处高价聘请。

这年年关又到，可是嘉兴的杂耍翻来覆去还是这么一点老套，县令对此极为不满，下令道，谁若能招募到身负绝技的人，自然重重有赏；若是到时依旧是叫几个耍猴耍把戏在江湖上混口饭吃的人出来充数，少不得个个要降职受罚。此令一出，下属们个个愁眉苦脸的。

这天听说绳王的杂耍十分了得。于是马上传令，叫将绳王提来审问。不一会，铁链"当啷当啷"响，绳王戴着脚镣大枷进来了。

狱官提出让绳王到时候为他们一耍绳技，绳王答应第二天给他们回应。

第二天一早，绳王已经答应，条件是明年春耕前放他出狱。狱官这时一心想得到县令的那份重赏，什么事不答应？马上满口应承。随即拨了一间小屋去给绳王住，并调拨红头阿三专门服侍他，除了不准他外出外，什么吃的穿的用的，要什么就给什么。

这年百技节一到，城里乡里各处的人都赶来观看，连邻近几个县的人，也乘船搭车纷纷来看热闹。百技节一般定在正月的初二至元宵之间，广场四周早挂红披绿，扎彩搭棚，一片的花团锦簇。

绳王这一场是代表官府的，定在正月初三。狱官怕人认出他，早为他画了一个鬼脸，加上浑身上下更换一新，便是他的亲娘也一时认不真切。这天晚上，各家技艺纷纷登场，待到他出场时已是天色暗黑。只见他只拿

了一束手指粗细的绳子，当中一站，将绳扔在地上，然后提起绳子的一端，随手向空中一抛。这绳子却怪，经他手抛出，竟如箭射一般直。他起初只抛三两丈，后见他左手扯绳，右手往上抛，随扯随抛，绳子犹如空中有人拉着一般，越抛越高，顷刻间已将五十来尺绳子抛个精光。一条黑黝黝的细绳恰如铁杆一般直立在广场正中。四围众人个个仰着脖子往上看，初看还是绳，到后来竟再看不见。倏地，绳王一跃而上，双手轮换，双脚劈叉横立，眨眼间，人如一头巨鸟般越攀越高，观众不禁全鼓掌叫好，场上一片喝彩声，慢慢地，竟再不见人影。

突然，笔直立着的绳蓦地向北面民宅倾斜，因为天黑得犹如泼墨一般，底下部分还可以见，上面部分没人能看得清楚。猛地，"嗖"的一声，绳子像活的一般飞回广场，只见它像蛇一般地腾跃翻覆，团团回旋，顷刻间盘成一团，而空中的人却已不见。众人只当他会跃下地来，谁知等啊等的，再不见人。

这件技艺一时间轰传嘉兴，典狱官得了重赏那是无疑的了，只是他以后是怎么掩盖绳王失踪这件事，又如何将这官司了结的，这就没人能知道了。但大可不必为他担心，既然身为狱官，要糊弄件把这类案子，正是他们的拿手好戏。

雨 燕 女

　　唐朝开元年间，睦州有个读书人，名叫章敏冠，年仅二十挂零。这年他进京城去应考。一天外出散步，遇上了一个自称"雨燕女"的美丽姑娘。过了几天，来了两个少年，说他们的女主人雨燕女要向他借匹马骑骑，谁又知道，这一去，一直到天色傍黑还不来还。章敏冠心里想："总不会是两个骗马小贼？好在我认识去她家的路，好歹明天去讨了回来。"

　　这样一夜就在懵懵懂懂中过去了。他前半夜还等着两个少年来，未曾好好儿睡，到天亮前才睡着，所以醒来时已是日高三竿。突然听得有人轻轻叩门，只道是少年带了雨燕女来，忙不迭一个骨碌起来去开门。门才一开，屋主一指他道："正是他！"

　　五个公人如狼似虎一般扑来，铁索铁链在身上缠了一道又一道。章敏冠大叫道："喂，喂，干什么？干什么？你们讲理不讲理？"

　　带头的公人嘿嘿冷笑道："你奶奶的，现在的响马也讲理吗？你昨夜干的好事！"

　　章敏冠道："我昨夜睡得好好儿的，干什么事了？"

　　另一个公人道："跟这种贼多嘴什么？先抓进去再说！"说着，与几个公人一起将他扔上马背，驮进羽林军营地去了。

　　原来就在这天夜里，皇宫遭窃，后宫的金银酒器被偷去一大包，足有百十斤重。盗贼临走前一个失足滚下屋来，却不知怎的又突然弹起来，一纵过墙，没了踪影。内班宿卫大惊小怪起来，却再见不到半个人影，只章敏冠的那匹赭褐色的骏马还拴在花园后门的拴马桩上，想来是盗贼惊动了内班宿卫，来不及骑马，背着宝贝走了。于是天未亮就全城搜索这马的主人。偏生这马毛色怪异，被附近百姓认出，于是一举捉住了章敏冠。

　　章敏冠这才想到，原来是雨燕女特地栽的赃，不禁对她恨得牙痒痒的，心想："我与这位姑奶奶今世无冤，上世无仇，她干吗要这般苦心孤

诣地害我？"

众侍卫因为干系重大，都想推诿责任，如何肯听章敏冠的招供？再说他们按他说的地址，找到了原来雨燕女住的屋子，人家说是一个做绸缎生意的人租下的，三天前早退屋走了。

侍卫总管将章敏冠打了一顿，前前后后问了三个时辰，眼看再问不出什么来，吩咐先将他好好关起来再说。众侍卫推着章敏冠走进一处小门，里头黑咕隆咚的，章敏冠还没走两步，被人一推，扑通一声跌入一个深洞。好在下面土质松软，倒没受伤。他抬头仰望，见这洞离屋顶高有七八丈，洞口盖有一块厚板，板上只有尺把方圆的一个窟窿，凉水食物都从这窟窿里吊下来。章敏冠又是气愤又是凄楚，心里说不出是一股什么滋味。

这样一关一天，再没有人来提问。直到这天三更时分，他正昏昏睡着，忽然听见"咯"的一声，有人轻手轻脚开了门，接着又是轻轻一声，像是有人移开了洞口的木板。过了一会，呼的一阵风声，有一件白东西自洞口飞下。章敏冠赶紧一躲，只觉一人无声无息地落在他身边，身上一股清清幽香。

这人道："别出声，援救来迟，受苦了！"听声音竟是雨燕女本人。章敏冠忿忿道："你又要变出什么新花样来叫我吃苦头？"雨燕女一笑道："瞧你，先出去再说话。"

说着，取出一条绢来束在他腰间，打了一个结，然后道了声"冒犯了"，一手提起他来，左脚一蹬左坑壁，向右上方向斜蹿一步；右脚一蹬右坑壁，又向左上方向蹿一步。如此七八个起落，已到了坑口，然后提了他一路连纵带跃，过官墙，出城墙。

城外有一匹马等着，雨燕女带了章敏冠上马就跑，一直飞驰出十几里路，才放他下马。

两人各自找了块石头坐下。雨燕女这才对他说：

"相公，这几天里多有得罪，只是小女子不得不告诉你，之所以这样做，原是万不得已。永徽四年，睦州有人起事（起义），为首的是个妇女，名唤陈硕贞，正是小女子的祖母；她手下有个仆射，名唤章叔胤，正是相公的祖父。同年，你祖父与我祖母同时遇难。说到底，你我还有些亲戚关系。我们的父辈都曾立誓，子子孙孙再不替这些李姓皇帝效力。到了相公这一辈，因令尊大人早逝，失了教诲，相公竟不自知，忘了祖辈的深

仇大恨，却去京都追求功名。所以小女子才迫不得已冤枉你，让你死了这条心，今日相公事已至此，还是忘了求仕这条路吧。"

章敏冠到这时才明白了她的一番苦心，羞愧无比，半晌，才讷讷说："没有姑娘指点，在下差点儿愧对祖宗。今后，在下能随姑娘左右吗？"

雨燕女摇摇头道："相公不是这个料儿，还是……还是回家去算了……后会有期！"

说着，她丢下一包银子，跳上马飞奔而去。

章敏冠连夜逃回家乡，从此便再不祈求功名。

秀芳退盗

唐朝某年间，广西固镇一带由贾铁嘴所守，他表面上是保卫疆土，实际上抢劫百姓，一时间闹得人心惶惶。好在天高皇帝远，消息传不到皇帝耳朵里，只得由他无法无天。这天他感到军粮吃紧，又派出士兵化装成强盗下乡打劫。这次他兵分四股，每股五十人，带上马车牛车，要他们抢得越多越好。

且说其中一股由一个名叫黄绍金的带领，这厮也与贾铁嘴一般，原是草寇出身，于打家劫舍这一行是轻车熟路。

他在出发前对手下士兵道："上次薛将军要攻城，结果自己被杀，就连半根草也没有抢来，枉自送了许多兄弟性命。这回人家怎么办咱们不管，咱们这股人可得小心行事，五十个去五十个全手全脚的回来要紧。兄弟们不要怕辛苦，咱们是半夜里出发，到了那里先如此这般地，让那些个乡巴佬儿逃掉最好，不逃的也吓个半死，再不敢反抗。现在大伙先白天去睡个饱。"

这天黄昏时光，黄绍金先将他的手下一个个叫醒了，让他们饱饱吃了顿，然后吩咐二十人赶车牵马，三十人结束停当，又去弄来许多颜色，红红白白，胡乱涂在自己脸上，再打扮了衣饰头发，趁着夜色，朝村里进发。

这时候，被盗匪挑中的那个村的村民已经早早睡下，半夜光景，忽然听得屋外什么怪声儿在叫，从窗口探出头去一看，只见月光下，高高矮矮、胖胖瘦瘦站满了人。定睛细看，只见个个青脸红发，獠牙外露，一双双碧瞳，凶光闪烁，两条细长的手臂宛如鸟爪。厉啸惨号声中，妖烟邪雾四下迸射。不是凶魂厉魄，又是什么？

乡下人，迷信的居多，光看见这架势已吓得屁滚尿流，一齐起床，扶老携幼的往后山逃了。

即便有几个不信神鬼的，见他们人多势众，也只躲着不出来。

这当然正合黄绍金的心，悄悄一声令下，于是抢劫开始：大袋粮食、栏里的猪羊牛马、屋里的衣物金银，凡是可用可吃可卖钱的，悉数往车上搬。然而乡下毕竟是乡下，一个时辰抢下来，到底没有抢到多少值钱的东西。

黄绍金怕抢少了回去难以交账，就吩咐部下道："妈的，穷得清水滴滴的，顾不得这许多了。兄弟们，挑有油水的地方走，必要时说不得要杀几个人也只好杀了，谁叫他们缺钱少财的！"

说着，兵分几路，各自去了。黄绍金带了八个人往村东走去，远远地看见一间屋里有灯光，不由自主脚步向这边移来。

走近了一看，原来是一个村妇在煮猪食，没有逃走。这人三十上下年纪，名叫秀芳。她家有一只地灶，是专烧猪食用的。这类灶特大，上面的锅也大得惊人，足有一个大号水缸大小。

这夜她正在屋里煮猪食，打算煮熟了焐在那里，等到天亮了好去喂猪。她家有猪二十头，由于都是大猪，胃口极大，所以每天要烧一大锅。

黄绍金耳边听见猪声"咕咕"，这是现成的肉，如何不喜，三脚并作两步赶了过来。他隐隐绰绰中看见屋里有人，眼睛一眨，因为刚才见的是个女人，他也没放在心上，就大踏步走了进去。刚走到地灶边，猛的背后一根柴棒重力打来，这下来得甚是突然，他猝不及防，把脚不住，一头掉进地灶里去了，"噗"的一声，溅出一大片水花来。

这猪食里煮的全是些细糠、蕃茄藤、南瓜这一类的东西，再就是大量的水。她自一更烧起已煮了有三个更次，锅里早已沸滚，黄绍金空有一身武艺，进锅了哪里用得上？眨眨眼工夫也成了猪食。

后面有看见的，吓得一跳逃出屋外，叫道："不……不好了，黄……黄将军送命了！"

众人大怒，一个冒失一点的，抢进一步，一刀砍去，不料那秀芳虽然不会武艺，却是灵活异常，一手操起一把大勺，一勺舀起猪食，只一泼泼在这厮的脸上。

这猪食已经烧得沸滚，一着脸，"嗤"的一声，立马起了一串燎浆大泡，连眼睛也看不见了。只痛得这厮杀猪似的狂叫。

这一来，不但慌了外面的人，连里面的猪也只道同类遭杀，吓得狂叫

起来。一时间里外都叫，煞是热闹。有几个机灵一点的叫道："快放箭！快放箭！"众强盗这才醒悟过来，快放箭，屋里又不见了人，原来秀芳躲到柴堆后去了。

又一个家伙心有不甘，叫道："放火！放火！烧死这个恶婆娘，为黄将军报仇！"几个人正想点火，屋里几勺猪食泼将出来，不但淋得火着不起来，还将边上几个家伙烫得没命地逃。

一来二去，到底没让这群强盗进屋。以后贾铁嘴手下很有几个烂头损面的，常常被人笑话，其实正是这天夜里吃的亏。

书童擒贼

唐文宗时，有一回皇宫里丢失了一只白玉枕，别的不少，单缺了它。皇上心想，既然枕头偷得，朕的脑袋也偷得，这事可不能轻易放手不管。于是下令让臣子们在十天之内非将这盗枕贼捉拿归案。

这令一下，一时间弄得京城内鸡飞狗跳，着实热闹了几天，眼看限期已近，那个盗贼还在天空中飞，负责抓捕的人那份心急可真别说了。

且说大将军王敬弘身边有个书童，年纪才十八九岁，长得丰神俊朗，玲珑剔透，精明机警；更有一身好功夫，飞檐走壁，如履平地。

有一次，王敬弘与几个朋友一起喝酒作乐，要歌伎弹一曲助兴。这歌伎推说称手的琵琶不在手头，而在十五里外的书房里。这时已近子夜，军营大门早已关上。王敬弘倒真被她难住了。若说去取吧，营门早关，私开营门必然大动干戈；不取吧，朋友又没面子。

就在他拿不定主意的当儿，站在他身边的小书童走上前道："大人不必担心，小的这就去一趟，保管手到取来，决不误事。"

王敬弘心想，这小子平日机灵得很，说不定真有办法，死马当着活马治，就说："那好，你就去试上一试。取得来最好，取不来也不碍事。"

小书童答应一声，一旋踵飞步而去。

众朋友半信半疑，才举杯喝了一巡酒，那书童已经笑嘻嘻地抱着琵琶回来。从此王敬弘就对他另眼看待。

这次的白玉枕被盗，王敬弘想起这事，心里一惊，他把书童叫来，附着他的耳朵道："小子，你实话告诉我，这件杀头的大事可是你干的？如果真的做出来了切勿瞒我，咱们马上另想办法。不要弄得连我也吃不了兜着走。"

书童还是笑嘻嘻地说："大人尽管放它一百二十个心，小的虽然学过轻功，却从不干这等没出息的事。不过小的知道这是谁干的。既然抓贼这

35

活儿没有落在大人头上，咱们多一事不如少一事吧。"

王将军道："这捕盗的事虽然具体没有着落在我的身上，只是负责捕盗的吴大人与我交情匪浅，他下了牢我脸上也不好看。你若知道，快快说与我。"

书童道："原来如此。这贼姓田名膨郎。原是小人的师兄，因为改不了偷鸡摸狗的脾气，被师父一气之下逐出师门。他因为犯的案多了，大隐隐于朝，就混在军营里当名小小军士。白天里装得瘟头瘟脑的，夜里每每外出行窃，从未失过手。这次不知哪里得来的消息，说皇上有只白玉枕，一时技痒，就去偷了来。"

王大人道："你又是怎么知道的？"

书童笑道："小的前天见着他，曾当头敲了他一棒道，你好大胆，干嘛单偷这只白玉枕，皇上的东西岂是好吃的果子？他爱理不理道：这管你屁事。可见正是他偷的。"

王敬弘道："他在哪里？快派兵去抓了他来。"

书童道："大人，这家伙轻功极好，武艺还在小的之上。若要抓他，除非事先废了他的腿，否则即便是千军万马他也能冲出去。"

王大人道："那么你先废了他的腿如何？他是你的师兄，你师父会骂你吗？"

书童沉吟一会道："师父倒说过这个话，田膨郎若是本分过日子，就革出师门了事；若是为害百姓叫我除了他。不瞒大人说，我一来觉得皇上的事不是百姓的事，无须我管；二来小的个对个打，还真不是他的对手，所以一直不吭声。"

王敬弘道："他盗了白玉枕，捉他不住势必牵累许多无辜百姓，怎么与百姓无关了？你快去，将来万一师父责怪下来，我替你说话。"

三天后的一个傍晚，这些日子好长时间没下雨了，风一刮，风沙很大，对面都不见人。这时，田膨郎与军士几个，勾肩搭背地进军门去，正嘻嘻哈哈玩笑。猛然后面窜出一人，举起铁棍只一下砸在他的左腿，"咯"的一声，腿已折了。

田膨郎大叫一声，倒在地上，抬头一看，见砸的那人正是他的师弟，大怒道："我与你虽无师门情谊，也不值得这般卖友求荣，看镖！"

说着，三支飞镖直奔书童。书童虽然不一定打得过师兄，但对他有几

分本事却了然于胸，早就防他这一手，连忙一偏头躲过第一支，左右两手各捏住另两支。

就趁这时，田膨郎已经强忍着疼痛，单腿一跃而起，连跃几跃直奔军门而去。

他单腿独跷，双手张开犹如一只大鸟，竟然还奔如疾风，叫人看了实在为之惊叹。

书童年纪虽轻，心机却老，知道万一这次走了田膨郎，别人是休想抓得住他的。待他腿伤好了，他自己可难以活命，连忙运起"八步赶蝉"的轻功绝技，紧紧跟上，一面双掌不停，连劈带打，不让田膨郎喘过气来。

好个田膨郎，就在这样折了一条腿、身受重伤的情况下，还与书童周旋了三十几个回合，到底因为独腿难支，被他扫中一掌，重重跌倒在地。

正好这时王敬弘已带人赶来，才将田膨郎抓住。

但是等到他们办完了正事，已不见了书童，不知是他暴露了自己的身份再不宜待下去呢，还是抓了师兄于心不安。总之，从此再不见他的人。

卢生治"真人"

话说唐朝末年的元和年间，正当人心惶惶、四海鼎沸之际，江淮一带出了一个活神仙，姓唐，不知道什么名字。他自称唐山人，老百姓则索性叫他唐真人。这是因为他曾经干过几件轰动民间的黄白奇事，还善于添金缩锡之术，一时间传得沸沸扬扬。

且说这天唐真人一路游山玩水到南岳衡山去，才进湖南境界，只见一个年仅十五的俊美少年一路跟定他。这人面目英俊，双目斜飞，分明是一个风度翩翩的佳公子。只因他相貌长得俊，说话也谦和恭敬，唐真人对他倒也颇有好感，渐渐儿就一起住宿一起走路。

这天错过宿头，两人只好住在一间破庙里，这少年自称姓卢，有个亲戚在阳美，这次是投奔他去的。进了庙，卢生显得十分殷勤。他先扫干净了一间破屋，然后取出干粮来请唐真人充饥。唐真人自以老前辈自居，也不与他客气。

饭后两人点起一根油松，各自在一块门板上打坐。

卢生开嘴道："小生在江淮一带早闻真人好大的名声，听说真人擅长黄白之术，有善于缩锡的本领，可是当真？"

唐真人笑道："这话倒不假，只是学道的人，早置钱财于度外，这些原是雕虫小技，学道人醉心的理应是长生不老、白日飞升之术才对。小哥儿不要倒置了本和末。"

卢生正色道："真人这话有理，只是小生目光短浅，只想向真人学点末微小技，但求真人赐教一二，这番大恩大德小生是没齿不忘的。"

唐真人道："学道最讲究的是有缘没缘，小哥儿不是此道中人，不学也罢；再说，贫道数十年深山从师，千辛万苦学得这么一点本领，如何肯轻易传授？"

卢生拜倒在地，再三请唐真人传授一个大概。开始时唐真人推三阻四

的只是不肯，最后见他祈求个不已，就哄他道：

"那好吧，咱们已同路了三天，也算有缘，到南岳也还有五六天路程。今天大家乏了，早早歇息，何必争在今天？咱们改天再谈吧！"

卢生听到这里，一个骨碌霍地爬起来，手里多了一把精光耀眼的匕首。这匕首形如新眉弯月，非同一般的短剑。他顺手抄起香桌上的一只铁制烛台，随手用刀削去，只听见刷刷声响，烛台被削成萝卜皮厚薄，一片片应声纷纷落在地上。原来这正是一把吹毛过刃、削铁如泥的宝刀。这下，可惊得唐真人马上矮了两寸。

只见卢生嘿嘿冷笑道："唐真人，你是真人，咱真人面前不讲假话。咱师父吩咐下来，叫咱们师兄弟六个四处寻访会黄白术和缩锡术的人，见一个杀一个，见两个杀一双，绝对不能留下一个活命，免得世人被这些个专搞妖术的人个个弄得猪油蒙了心窍，一心只想发财。如今咱寻访半年，好歹盯住了你，如何肯放过？你如会飞天会遁地，能使神鬼差六丁，有真本事尽管一一使出来，要不，咱宝刀可要无情了。"

听到这里，唐真人哪里还有魂在？他顾不得体面，扑通一声跪在地上，脸上一副哀恳害怕的神情，求道：

"小英雄高抬贵手，饶过小道一命。咱们实话实话，其实，小道哪会黄白缩锡术？会的只是一些障眼法而已，一切都是骗人的，这话千真万确，不敢有半句欺骗小英雄。"

卢生道："是吗？那么，你在马君山家搞的那一套到底是怎么一回事？"

原来唐真人刚刚在一个马君山的土财主家搞了好几天将锡变金银的骗人事。

唐真人战战兢兢道："这……这只是小道有意找上门去，耍的一个小小花招，其实小道第一次先做了手脚，偷偷换上一块银胎锡块，故而烧出来当然就是银子。"

卢生道："这是先让马君山尝个甜头？"

"小英雄高见。第二次小道趁他不注意，将金子和锡块换出，炉中只放些柴灰。中途离开几天就是为了让他上当。"

卢生道："那么你又怎么知道马君山背着你在喝酒吃肉？"

唐真人道："小道买通了他的一个书童，自然一清二楚。"

"如果他不喝酒不吃肉呢？"

"这个……小道自会找一个借口，总之不叫他生疑就是。"

卢生哈哈大笑道："如此说来，那个冒充你儿子的老家伙也是你买通的了？你真的有几岁了？"

唐真人道："小道实在只有38岁。"

卢生道："话是这么说，你有什么真凭实据？"

唐真人心知自己是遇上了高手，不老实只怕自己的一条小命难保，只好打开包袱，取出近十斤金子和一块锡块，道：

"这黄金是小道多次行骗得的……这块锡块嘛，是银胎锡，正是小道行骗的吃饭家伙。"

卢生一手抢过锡块来，拿手中匕首一划，"刷"的一声，一剖为二，里面银光闪烁，正如他所说的。

卢生随手将它丢在地上，呸了一声道："好狡猾的一个贼道，叫小爷白白跟了这许多日子。性命是饶了你，却不得不给你留下点记号！"

说着一晃身贴近身去，还不等唐真人反应过来，刷刷两声，匕首过处，前脑两大蓬头发纷纷落在地上，然后说了句"这不义之财我带走周济穷人去了"，又一晃身，一声长笑，跃出窗口。

只听见笑声绵绵不断，眨眼间已在数里之外。

唐真人吓得魂不附体，昏昏沉沉，心里一片迷惘，好半天才悠悠醒转。一摸头顶，前额的头发已被卢生削光；再检查自己财物，剖开的银子还在，那十余斤黄金却已不知去向。

他不知卢生说的话是真是假，只是自己这条命总算捡回来了，虽然丢了这许多好不容易骗来的金子，但相比之下，毕竟是性命要紧。

从此，他索性隐入深山，当了真道士，再不敢到江湖上去骗钱诈财。

门客箍桶

　　宋朝时，江南有个富家子弟，姓马名三平，绰号叫"大老"，因为家里有几个钱，听说春秋战国时的四大公子好收门客，也想模仿一番。

　　他辛苦数年，居然被他闯出个"好客"的名声来，引得不少闲人前来他家当门客。门客中有个落落拓拓的中年人，四十上下年纪，也不知叫什么名字，许是他自己报过一次，因为没放在心上，久而久之也就被人忘了。

　　这人模样普通，一双破鞋，一领油渍渍的长衫也不知有多少日子没洗换了。如果长衫也有娘，怕连这个儿子也认不得了。一般门客上马三平家来，多多少少都露过一手，或文的，或武的，总有一些能耐，惟有这位从不显山露水，一般人只道他是个酒囊饭袋，混在里面专吃白饭。马三平听人家说得多了，也当了真。

　　这天天下大雪，马三平邀大伙喝酒，众人这个一杯，那个一盏，冷的热的，轮流灌他。二三十杯下来，将马三平喝了个醉魂酥骨。酒醉饭足，马三平不免说话荒唐起来。

　　他大着那个舌头，道："我说这位……"

　　众人见他指着那位落拓老倌，一齐安静下来，等着看好戏。

　　他对这个人称"酒囊饭袋"的门客乜斜着眼睛，指指点点道："我说呀……尊驾……尊驾有什么……什么会的东西没有？"

　　那客人指指自己道："主人是问我？"

　　马三平道："正是……尊驾会些什么不曾？"

　　那门客道："鄙人什么也不会，就会睡觉吃饭。此外嘛……此外真说不上什么会的。"

　　众人见他答得妙，一齐大笑起来，有的甚至鼓起掌来。

　　马三平也不见气，只是往下问："这么说来……这么说来，是什么也

不会啰？……我是说你有什么本领没有？"

那客人道："本领？这个……这个委实没有。"

马三平道："这般说来，你是什么也不会……嗯，很好，很好。"

这客人低下头思忖了好一会，红着脸道："其实说本领，鄙人还是多少有一点的，不知算不算？"

马三平道："……只要是本领，什么都算。"

客人道："不说也罢，这本领上不得台盘，还是不献丑的好。"

马三平道："这是哪里的话？……不论什么，只要是本领就好……孟尝君鸡鸣狗盗的人都收……客官只管使来……大家也长长见识。大伙以为如何？"

众人巴不得有戏看，一齐轰然叫好。这客人道："说来各位不要见笑，鄙人只会箍桶。"众人听他说得俗，又不约而同笑了起来。

马三平道："有什么不可以的？来人，给他一把快刀，一根好毛竹！"

这样的酒后余兴哪里去找？门下百十个门客个个伸长了脖子。不一会，只见仆人已将竹刀及毛竹取来，放在堂下。

那客人道："还请抬一只铁圈箍就的大桶来！"仆人也马上抬了来，倒扣着放在廊下。只见这客人左手握竹刀，右手拉过毛竹来，手起刀落，刀落竹裂，众人耳边只听见"呱呱呱"、"簌簌簌"的声音不绝，不到一盏茶的工夫，一束竹篾已经劈好。

众人暗暗点头道："虽无其他能耐，这手劈竹功夫倒也不错，抵得上三五个篾匠高手了。"就说话间，那门客已经取来两根竹篾，左旋右盘，眨眨眼马上圈成了一个竹篾圈，随即几乎没瞄什么，顺手将竹圈滴溜溜的飞了出去。

大伙只见白光一闪，竹圈正中倒置着的大桶。

它套中桶后，兀自还在旋转，不多一会，"当啷"一声，原来大桶上箍着的铁圈已经掉了下来。马三平上前一摸，怪了，这桶竟然箍得结实无比，比之刚才铁圈箍时更加结实了三分。

众人见他这一手驾轻就熟，手法之快，运劲之巧，可以说是可惊可叹，不由得一下子收起了对他的轻视之心，一齐肃然起敬起来。这时，马三平的酒也醒了，站起身来，对他连拱两拱，道："先生的神技惊人，恕

小子有眼不识泰山。失敬，失敬！"

这客人只是红着脸道："献丑！献丑！"

第二天，那客人不告而别走了。

据仆人来报，连房门都没开，看样子他是跳窗上屋走的。

马三平不信，亲自去看，果然，房门关着，北窗虚掩，窗台白雪上留着一个浅而又浅的脚印。

马三平大惊，因为这天夜间，雪只在上半夜落，后半夜颗雪未落，脚印这么浅，说明这人轻功非凡。想来他正是一个江湖奇人，因为被人逼出了真相，这才连夜走了。

于 寸 得

宋朝时，江西出了个大力士，名叫于寸得。他身高六尺，两只铜铃般大眼向外微突，一把浓密的络腮胡子，皮肤黑里透红，两鬓蓬松，活像捉鬼的钟馗；双眉倒竖，好似庙里的罗汉。他虽然也学过武艺，只是家里实在穷，他无法浪迹江湖，游历山河，过侠士般的生活，只好为人赶驴，当个驴夫。

这年，同乡中有个叫李友陇的书生要上京都去参加考试，雇了于寸得的驴子，由于寸得赶着一同往京城赴考。一日，当他们刚走到安徽宿州的时候，天色已晚。两人见四周均是山岭低丘，没有住家，想加快步子赶到前面去找个宿店。突然，一声呼啸，路边树丛中冲出六个蒙面大汉来。他们个个提着马刀，露在外面的双眼透着杀气。于寸得和李友陇知道遇上了贼人。李友陇本是一介书生，手无缚鸡之力，吓得滚下驴背，跪在地上结结巴巴地说："大爷饶……饶命，小生是去赶考的，身上所带钱财不多，请大……大爷高抬贵手，放……放小生两人过去，若得……得考中，回头必定重……重谢大爷们。"

那六个强盗听李友陇啰啰嗦嗦早就不耐烦了，其中身材最高大的一个，瓮声瓮气地说："少啰嗦，快拿出银子。大爷们哪有工夫等你中考！快，否则休怪大爷心狠手辣。"说着挥刀将身边的一棵小树拦腰砍成两段。

李友陇一见吓得脸色煞白，身抖得似筛糠，一个劲地喊"大爷饶命"。那六个强盗见此情景，哈哈大笑，冲上来抢驴背上的包裹。于寸得见状，大吼一声"慢着"，一个箭步挡在六个强盗面前。强盗们没料到于寸得会来这么一着，惊得退了两步。于寸得回头对李友陇说："公子莫慌，看我杀这批贼人。"李友陇吓得忙躲到一棵树后边。

强盗见于寸得口气这么狂，挺刀一齐向他冲来。于寸得刚要冲上去，

那头黄驴吓得转身要跑。于寸得叫道："你奶奶的走了，等会儿叫我上哪儿去找？"说着，一把挟起驴子又冲上前来。强盗们一看，虽然心里吃惊，但拿刀的手都不松劲，朝着于寸得劈过来，于寸得一矮身子，随着一个扫荡腿，将强盗逼退一步。强盗们哪肯罢休，六把刀又齐刷刷地向于寸得刺去，于寸得一提气，挟着黄驴纵起丈余，跳出包围圈。六个强盗发了狠，舞动着马刀朝于寸得乱砍乱劈。这时于寸得可谓处处受敌，又被围在一片刀光剑影中。只见他临危不惧，左躲右闪避开凌厉刀锋，左手挟驴右手出拳，看准时机下手辛辣。一个强盗稍一松劲，"啪"的一拳打在脸上，顿时嘴眼鼻皆喷出血来，一张脸被打得稀巴烂，倒在地上鬼哭狼嚎。其余五个一见，吃了一惊，步法显得有点乱，于寸得再找机会，又一掌劈下去，这一掌少说也有三百斤力量，那被劈的强盗立即跌倒在地，口吐血沫，痛得直打滚。余下四个不敢贸然出手了，于寸得冲过来一拳一个。六个强盗全被他打翻在地，连滚带爬，嘴里不住地叫道："英雄饶命！英雄饶命！"

于寸得这才笑呵呵地放下驴子，把吓得躲在树林里的李友陇扶出来。

六个强盗挣扎着爬起来，一齐跪在地上道："英雄神力，兄弟甘拜下风。这次英雄手下留情，兄弟们会记住英雄的义气。"强盗头子捧上一包银子，送给于寸得，又道："英雄这般功夫，若与兄弟们一块上山，不出几日定能富比王侯，何苦还干这赶驴的苦差。若英雄真能上山，兄弟们一定愿听您调遣，不知英雄意下如何？"

于寸得听罢，哈哈大笑，他伸手从强盗头子手里接过银子，笑道："银子嘛，英雄我收下了，算是给这位公子压惊。让我去干强盗这勾当，我可没闲工夫。几位若还想当强盗，小心被我逮着了，抽筋剥皮。"强盗们听了，忙说："不敢，不敢。"

后来，这件事传开来，官府招募他去参军，他在杀敌荡寇战场上屡立大功，并当上了将军。

箍桶老汉

宋朝时，扬州有个青年名叫陈伟行。陈伟行人很聪明，但极其自负，总以为自己十分了不起，特别是学了一手弓箭，更是目中无人，总想出去走走，使自己能扬名天下。

有一天，陈伟行背着弯弓，骑着马外出。他穿一袭黑色披肩，戴一顶大竹笠，俨然大侠一个。一路上他游山玩水，但就是没有遇上能让他显威风的事，不免心中有些扫兴。

傍晚时分，他疲惫地来到一家客店前。客店前面的空地上，一个老态龙钟的老头坐在一张小木凳上正专心致志地箍桶。这老头身材短小，边箍桶边咳嗽。

陈伟行见太阳还没下山，便勒马前行，想在天黑前再赶一程。

那老头听见马嘶声，抬头见陈伟行满脸尘土，知道是个行远路的，便用沙哑的嗓子打招呼道："这位官人，远道而来，如无要事，就在这里歇上一宿再赶路不迟。店里有干净的铺位。"

陈伟行回头说："天色还早，我想再赶一程，到前面去宿店了。"

老人看看天说："官人那马的脚力看来已疲乏，以老朽眼光看，天黑前官人已跑不了几里。这荒山野地的，百里之外才有旅店。若抄小道，近十几里处倒有一小客店，只是近来小道上很不太平，怕惊了官人。"

陈伟行听老人一说，便来劲了，呵呵一笑道："多谢大爷费心。陈某不才，但凭我的箭，对付几个毛贼还不用多费劲。只怕毛贼不来，否则陈某倒想见识见识，为民除害呢！"说着拍拍箭囊，策马朝小道跑去。

老头望着陈伟行远去的背影，摇头笑笑，重新低头箍桶。

太阳已落入西山，陈伟行策马驰在荒草丛生的羊肠小道上。小道两边是黑魆魆的松林，夜风吹来，林子里发出呜呜的响声，鬼哭狼嚎一般。陈伟行的手不由得握紧了弓。

突然，前面小道上走来一个壮年汉子，旁边跟着一位十来岁的男孩。那壮汉挑着大担子，少说也有两百斤，却健步如飞，那少年跟在壮汉身后也步履轻捷。这两人像是父子。陈伟行觉得奇怪，他们的胆子倒不小，黑咕隆咚的竟敢在小道上行走。正想着，已来到那两人面前。

只见那壮汉将担子一转，正好拦在路中。少年"当"的一声从腰间抽出一柄剑来，不等陈伟行出手，"刷刷"两道寒光闪过，陈伟行骑的马长嘶一声，颓然倒地。原来少年的两剑竟削去了马的前腿。

陈伟行一惊，气沉丹田，忙一个"白鹤冲天"，纵起一丈，飞身落地，弓箭已在手中，大喝一声："你们是什么人？"

那壮汉抽出扁担抄在手中，用一种尖细的声音说："哼，看来小子是初出江湖，连'索命取财双罗刹'都不知道。"

陈伟行一听那阴阳怪气的声音，便觉得脊背凉飕飕地，但凭着年轻气盛，大喝一声："要索命取财可以，但得问小爷手中的箭答不答应。"说着，箭已上弦，"嗖嗖"几箭如飞蝗般向两人射去。那少年默不作声，舞动手中的剑，瞬间一片剑光包围了两人。只听丁零当啷响，那些箭被扫得纷纷落下。陈伟行一看，每支箭都被削成两半。陈伟行吃惊不小，忙边退边射，但这些箭根本奈何不了这两人。不一会儿，箭射完了。陈伟行心里越发惊慌，忙跑进路边松林中。那汉子追了过来，扁担一提，直劈下来，陈伟行连忙往松树后躲。"噼啪"一声，松树竟被拦腰打断。陈伟行知道遇上高手，今天是在劫难逃，索性等死吧。那少年的剑紧随扁担横扫过来，陈伟行已是闭目待死。

哪料那少年的剑刚要触到陈伟行，冷不防一团白呼呼的东西飞过来，"噼"的一声，正好撞在剑锋上，将剑撞开。有人一手将陈伟行推出圈外。陈伟行一看，是个蒙面人。那壮汉和少年见有人坏了他们的好事，两人联手，一个扁担横扫中路下盘，一个利剑直封喉咙，那蒙面人手舞一件奇异兵器，一一化解了他们的招数。猛地，他手中一件白乎乎的东西又飞了出来，竟像有磁力一般粘住剑不放，同时，那蒙面汉双手一抖，一把小刀如流星般飞向那壮汉，直指那致命穴道。那壮汉挥动铁扁担，左躲右闪，但飞刀不断地飞来，刀刀致命，刀刀狠辣。壮汉躲过五把飞刀，稍一缓，第六把飞刀插进了左胸，"哎哟"一声，不由得连退三步。

那少年正被奇怪武器缠得不能脱身，听壮汉一喊，稍一分神，那白乎

乎的一团竟趁机呼地横扫过来，少年被拦腰划了道血口子。少年忙跳出，飞身拉起壮汉，道声："后会有期。"消失在黑暗之中。

陈伟行忙从树后出来，拱手相拜，连声说："谢好汉救命，不知好汉高姓大名，好叫陈某来日相谢。"

"哈哈哈……"那蒙面人笑着摘下脸上的黑布，顺手将手中的奇异兵器一晃。

陈伟行一见，吃惊不小，原来这位大侠正是客店门口的箍桶老头，那兵器是一只箍桶盖。那老人笑着拍拍陈伟行的肩说："年轻人，山外有山，楼外有楼。凭你这功夫想闯江湖，嘿嘿……"陈伟行忙下跪认错，要拜他为师。谁知那老汉只是摇头，呵呵一笑，自顾自走了。

从此，陈伟行再不敢妄自尊大。

弓箭手王定

宋朝时，捕快不叫捕快，叫弓箭手，其实他们行使的职责也是捕盗抓贼。

当时濠州定远县有个盗贼，也不知道他叫什么名字，只知道江湖上都叫他为"老褚"，想来姓褚。这人五十上下年纪，身材矮小，留两撇小胡子，嘴边长有一块白癜风，常年只穿一身草绿色熟罗长袍。他一脸剽悍之色，举止之间，显得武功不弱。如果捋起袖子来，人们就能看到他手上青筋凸起。

这家伙不但好色好财，还心狠手辣，抢劫之余，将人杀害。他的信条是"死人不会开口"。不过人算不如天算，最终，他的行径还是被人偷偷儿看到了传扬开来。因此，官府拿得他很紧。只是他武艺高强，擅长使剑，一般弓箭手绝对不是他的对手。弓箭手也曾遇上过他几次，激烈对打之中，不但抓他不住，反被他伤了好几个人，其中死了四人，伤了七人。而他自己，则连一根毫毛也未受损。这样一来，他就越发显得狂了，竟然青天大白日的在街上游荡，公开不把官府放在眼里。

这天县衙里来了一个年轻人，自称王定，说自小习些武艺，想当一名弓箭手，愿意去抓老褚这家伙。官府见他武艺不弱，也就收下了他。

这人长得猿臂蜂腰，虎目长眉，丰神挺秀，亭亭玉立，善使一根长矛，舞动起来端的十分了得。这人别的盗贼倒不去抓，只是放出风去要与老褚决斗，说不与他拼个你死我活决不离开濠州。

老褚虽是一个独脚大盗，消息倒挺灵的，听到这话，不由得气往上冲，道："娘的，这个王定，什么东西，敢说大话，既然他吹得好大的气儿，万一遇上我老褚，看我老褚不剁他个七剑八剑！"

话是这么说，两人却一次也没遇上。也不知道是王定心有忌惮呢，还是老褚这家伙不敢动手。

这天，一个做王定眼线的卖糖葫芦的阿二来报，说老褚正与他的那群酒肉朋友在城门口万事顺酒店里聚会，王定得报，立即随手抓了一个包裹，挑在自己使熟了的长矛上，也不与旁人说知，独自一个，直奔城门。

走到店门口，装着不经意地往里一望，老褚正大模大样地坐在店堂里与朋友们一起喝酒。他的朋友一眼看见王定，一推老褚道："老褚，快看，王定来了！"

老褚吃了一惊，定眼看时，只见王定已走了进来，一拱手说道："约日不如撞日。这位可是江湖上鼎鼎大名的老褚老前辈？小可王定这里有礼了！"

老褚曾经几次三番当着朋友的面吹过牛，虽然心知善者不来，来者不善，却是不好脚底揩油，一溜了之，只好硬着头皮站起来，也一拱手还过礼，然后说道：

"王定兄弟，你是吃官家饭的，我老褚是吃黑道上饭的，原来就是井水不犯河水，兄弟时不时地盯住我老褚，是当我好欺负还是以为我老褚会惧了你？咱们光棍眼里安不得沙子，你放出一句话来，什么时候咱们来个了断如何？"

王定道："褚老前辈，如果你做事磊落，咱们虽然吃的是官家饭，也不能不让人有口饭吃；只是你动不动地杀人，连寡妇孤儿也不放过，我王定却饶你不得。另找日子也不必了，要斗就今天吧。褚老前辈是独个儿与我一决生死呢还是大伙一齐上？"

老褚弓在弦上已不得不发，硬着头皮道："要人帮忙那是瞧不起我老褚，你若赢得了我手中剑，就捉了我去报功；若是胜不了，那只好你自认倒霉，今天我老褚是不会饶你一命的。"

王定道："如此最好，只是我若胜了你，怕就怕你的朋友要来插手，这倒有些不太好办。"

老褚被王定的话挤兑住了，挺了挺脖子道："哪个插手的便是我老褚的对头，各位还是走自己的吧。"

他的朋友都是些偷鸡摸狗的家伙，谈不上有什么好武艺，听了这句话，都巴不得，一齐拱一拱手，走了。

于是两人拣了一个僻静去处，矛来剑去，以命相搏。

两人足足斗了一个时辰，竟然不分胜负。老褚是心里暗暗叫苦，但愿

王定心生怯意，早些走路；王定是想借自己年轻力长，再斗他一个时辰能磨垮了他。这样又斗了一会，谁也胜不了谁。

猛地，王定眼望远处，开口道："啊，那不是咱们的尉大人吗？你可不要动手，看我王定独个儿拿下他来！"

老褚本来就勉强应付，不想他来了帮手，心中一惊，未免分心，扭头朝王定看的方向去找那个尉大人。

就在这电光石火的一刹那间，王定的长矛已经刺中了老褚的咽喉，血流如注，砰然倒下，扭了几扭，就死了。

事后有人说王定未免胜之不武，王定道："这贼太过凶残，杀了他就是为百姓造福，所以也顾不得这许多了。"这话是有道理的。

三天后，王定竟不告而别，想来，他是为专门杀老褚来的。

戚大求艺

南宋年间，河间有个农民的孩子，姓戚，因为是长子，人家只叫他戚大。

这孩子从小体弱多病，自襁褓时起，已经药不离口。结果是爹娘越宝贝，浑身的病越多，长到十岁光景，两条脚杆犹如麻秆棒一般，脸上黄泛泛没一块肉，额头上连皱纹也出来了。

隔壁四邻劝他爹："我说戚大叔啊，这孩子的病，该吃的药也件件吃了，总是不见效，我看还是让他习武拜师去为好。"

他爹一听这话有理，马上让他去拜师练起武来。一去二来，身体竟然好多了。戚大自从习上武后，对武术倒真着了迷。他白天黑夜，除了吃饭睡觉，一心搁在武术上，渐渐儿武艺大进。他就对师父挑肥拣瘦起来：一会儿嫌这师父武术不精，一会儿又嫌那师父力量欠强，说来说去总嫌自己的师父教不了，没让自己的力气大起来。

这样拜一个弃一个，前前后后一共拜了十六个，没一个能让他服帖的。

到了十九岁上，他终于忍耐不住，离了爹娘，外出寻师去了。

也不知道经历了多少千辛万苦，这年戚大来到了四川。他知道真有本领的高人往往不住城里，所以一味地往深山里走。

一天，他在峨嵋山四处转悠，走到一个山崖下，只见岩上坐着一个老年喇嘛。这人身材奇高，足有六尺，一张肉红脸，星眼剑眉，高鼻子，大耳朵，颔下一部银须，连鬓过腹，足有二尺来长，被风吹得飘飘然掩着半身。他坐在石头上，行动十分迟缓。

戚大知道遇到了高人，连忙跪下，连连叩头，说："还望大师指点迷津，小辈怎样能练得力大如牛？"

这老人看了他半天道："小兄弟请起来。要力气大嘛，本也不是一件

难事。只是说起来也并不一定是好事。小兄弟真要学本事，原应该一招一式规规矩矩学，光求力大，恐非捷径。"

戚大再三叩头，说："大师有所不知，后辈想了很久，武术武术，其实说穿了就是力气大，譬如说吧，关云长关将军，世代为人传颂，说到底只是他会使八十三斤的青龙偃月刀而已。如果后辈力气大了，什么人想欺侮我，后辈一把抓住了他，将他提了起来，看他还不讨饶？"

这个老喇嘛呵呵笑道："你要力气大也不是一件难事，只是惹了麻烦很不舒服，我劝小哥不练也罢。"

戚大道："只要大师肯教，我虽死无悔。"

老喇嘛叹口气道："小兄弟，说来也许你还不相信，我之所以行动缓慢，看上去笨手笨脚的，就是因为力气太大了的缘故，不信老衲走几步你看。"

说着，他站了起来，随随便便在岩石上走了几步。只见脚下的石头都随着脚步声纷纷碎裂，他随手用手指在边上一块山岩上一划，坚硬的石头"噗籁籁"地掉下石屑来，直吓得戚大连忙退后了三步。

戚大定了定神，心想："这正是这位大师的功夫所在，这样的高人遇到了不求，岂不是大傻瓜一个？"

想完了，戚大就跪在地上，再三求他赐教。

喇嘛见他执迷不悟，说道："你一定缠住我不放，这麻烦是你自找的，过后不要怨我。你看，那山脚下有一丛绿草，如果你要力气大，就将这草拔下，洗干净了，分二十一次吃了。只是我有话在先，以后你想要力气变小，我可再也没有解药了。"

戚大欣喜异常，连声道谢，说："哪里哪里，大师放心就是。"

他拔了这丛绿草，仔仔细细分成了二十一堆，然后一天一堆一天一堆地吃了。

起先几天倒也没有什么，二十一天一过，他觉得浑身火烧火燎似的，恨不得跳下水去，可惜山上没水，要跳也找不着。几天以后，竟然发现自己的身手坚硬如铁，身子也舒畅了。

他找来一根树枝，轻轻一折，树枝恰如面做的，应手纷纷落地；抓起一块石头一搓，硬如生铁的石块被他搓成了齑粉。

戚大心中大喜："瞧我好大力气！现在看谁还敢与我交手？"

回家的路上，他觉得背上生痒，轻轻一搔，衣服竟然像蝴蝶一般一片片掉下来；他嫌走路花力气，雇来一头壮骡骑上了，才一上骡，骡子一声惨叫倒地死了，原来骡子的脊骨断了；骡夫一把扭住他要他赔，他手轻轻一挥，那骡夫放纸鹞一般飞出去，直摔了个七荤八素，差点儿出了人命；他再不敢雇牲口，步行回家，日行八百里，毫不费力；他一吃饭，筷折碗碎；他到了家轻轻叩门，门墙应声塌了下来……

这样的日子如何过？戚大想来想去还是回去求老喇嘛赐解药。他回到峨嵋山，从此再没回来。原来那个老喇嘛也早不知上哪里去了。于是他只好学喇嘛的样，一动不动住在山里，直到死为止。

想来这喇嘛是一位无名武术大师，为了惩诫这个不知高低的小子，竟让他吃了一辈子的苦头。

轻身女子

元朝时代，四川有户姓刘的大户人家，这大户人家有上千亩的田地，家里佣人如云，光是丫鬟就有四十几个。

主妇刘蔡氏是个恶毒刻薄的女人，她平日里无所事事，专以虐待下人为乐。当时的丫鬟多是些家里没饭吃、卖给了刘家的贫穷人家女儿，就是打死了也没人敢管，所以更是滋长了这个心毒妇女的阴暗心理。

她惩罚丫鬟的手段多如牛毛，动不动就跪搓板、刺指甲，掌嘴、罚饭更是家常便饭。

丫鬟秋月当时年仅十五，早上天没亮就要起来，一直忙到半夜还合不上眼，由于睡眠不足，思想集中不起来，免不了办事要出岔子，因此时不时的遭到主妇的毒打。

这天一不小心打碎了一只碗，知道少不了又要挨打，见周围没人看见，连忙蹑手蹑脚逃出后门，一溜烟地上了高山。

刘家住在山脚下，上了山是越爬越高。她心里明白，这个恶妇有个死规矩，谁若企图逃避责罚，就要罪加一等；该打十下的就得打二十；该抽鞭子就得挨钉子钉指甲。因此她生怕被追回去打个半死，就一个劲地跑啊跑的。

起先还有些山路柴径，爬到后来已是深山穷谷。只看见峰峦杂沓，万山绵亘，山连山，山套山，如龙蛇盘纠蜿蜒不断。

再说那个恶妇，自从逃走了秋月，气不打一处来，派人上山去抓，说要抓住她活活打死。不料仆人几次上山，都是无功而返。后来真抓不回来，也只好作罢，只道她自己逃上山去，作了山里猛兽的口中食，原是她的活该。

不料三年之后，有一天，刘蔡氏正带了个孩子在后花园玩儿，猛地见一个满头白发长及腰身、身上穿着一身丝瓜似的褴褛衣衫的人倏的一下

从墙外跃了进来，见了她愤怒地尖叫一声，顺手"啪啪"两个耳光打得刘蔡氏满天星，一跤跌倒在地，随手抱起她甩在一边的孩子，如飞一般出了墙。

这人虽谈不上有登萍渡水、踏雪行花的轻功，却也来如闪电，去似飞星，跃墙过壁，恰如人家跨过一道门槛似的，毫不费劲。

恶婆娘刘蔡氏苏醒过来时，已是两颊红肿，眼若猪屎。她呼爹叫娘地大叫大喊起来。众仆人听到叫声赶来，那个白发人早已走得无影无踪。人们四出寻找，终于在高山上找到那个孩子，却也没伤害他，看来只是吓唬她一下而已。

从此以后，这个恶妇总要带了人才敢出屋。但是只要她独自留那么一会儿，这个飞人就会突然出现，不是打她，就是用石头砸她。最严重的一次，直打得她十天下不了床。

后来发展到夜里也进屋来，将熟睡的恶妇打得脸上没有一块好肉。直吓得恶妇从此造起一个铁屋，独自一人关在里面念佛。当然，这样一来，她没多少机会打骂仆人侍女了。

再说刘家后辈中，有个名叫刘刚的，极是好武。起先他听说嫂子被打，只道是她神经出了毛病。后来看见伤情不像有假，但是听她说什么这人来去如电，却是信疑参半。

一天，他的一个家人打柴回来，说他在深山里见到了一个飞人。这人白发满头，在树权间纵跳如飞。他叫了几声，这人不理不睬，几个纵跳顾自去了，眨眨眼不见人。

刘刚这才相信世上果然有这等人，心想若是能够抓住，问他是怎么练的轻功，自己依样学习，岂不是美事一桩？

他家也是大户人家，手下佣人没有一百，也有八十。于是他将他们悉数派出，准备了网罟绳索，备了干粮，上山捕捉这人。说是抓到了重重有赏。谁知这飞人见有人抓他，就如飞般走了。这人在树上爬树如猴子，下了树行走如飞鸟，身轻如燕，众人连近身都办不到，更别说是抓他了。

还是刘家账房出的主意，说这人多半是不食人间烟火的关系，若是让他吃了烟火食，准能抓住。于是刘刚就抛下大本钱，天天用好菜好饭搁在树下、林间，供他吃。

这飞人不知是计，因为采食困难，只道是有人可怜他风餐露宿，情不

自禁吃了。吃了第一餐，忍不住吃第二餐，一吃多了，身子蠢重，奔跳不灵，终于被刘刚抓住了。直到这时，众人才看清楚，原来这人不是别人，却是三年前逃上山去的秋月。

刘刚一直厌恶自己嫂子的为人，倒也不难为她，答应她将她养老终生，只是问她以前如何能有这身轻身法。

秋月已经不太会说话，过了几天才慢慢会说。

她说："当时我进山林时没东西吃，只好挖些草根充饥，只觉得味道不错，天天吃，天天吃，身子就轻了。"

刘刚按她的指点去挖来这草根，原来是中药中说的黄精。

好汉胡中吉

元朝时，广东羊城出过一个好汉，名叫胡中吉。这人三十好几年纪，身材雄伟，豹头环眼，只是脑后长有一块凹骨。他小时，曾拜一个号称云法上人的和尚为师。

师父曾说："中吉，你原是一块习武的好料子，只是看你的脸相，脑后有一块凹骨，长大了免不了要走上歪道。我看，你还是不习武为好。"

胡中吉"噗通"一声跪倒在地，连连叩头，说："师父，骨头是天生的，人是徒儿自己做的。只要师父肯教徒儿本领，徒儿一定不给师父丢脸就是。"

云法上人掐指算了一会，叹口气道："凡事凡人，在劫难逃。当今世界，分不清正道歪道。徒儿，只要你不去残害百姓。为师的也无话可说。"

事后竟然将一身本领都传授给了他。胡中吉出师之日，年仅一十九岁。

不料当时时势，官逼民反，许多百姓落草为寇。胡中吉因为一身好武功，加上家境贫寒，最终也成了当地一名著名的大盗。只是他虽然常抢官家钱财，但记着师父的话，总不肯残害百姓。

一天，胡中吉听说一位童年好友病沉，就带了些银子去探望他。不料被一个姓王的捕快看见，急急忙忙地跑到捕头徐冲那里报告道："徐捕头……捕头，我见……见到胡中吉这贼人了……"

徐冲道："是吗？在哪里？"

"就在省城城西塘鱼栏附近的一户农舍里。小的看得清清楚楚。"

众捕快得到这消息，面面相觑，相互道："就算见到这家伙，咱们能拿他怎么办？若他当了真，见人就杀，咱们一个人可就只一条命。"

徐冲的年纪尚轻，加上刚从外地调来不久，哪里知道胡中吉的厉害？说道："胡中吉也不见得就长有三头六臂，我就不信咱们三百个捉他一个就捉不住。走，有胆量的跟我来！"

众人见捕头这么说了，不敢违拗，只好硬着头皮跟他走。于是集了三百人，各自执了兵器，拖拖拉拉跟着徐冲，来到目的地。

徐冲虽然武艺了得，到底不敢贸然冲进去，只吩咐里三层外三层包围

好了，然后挺着刀，当门站了，大喝道："里面的贼人胡中吉听了，如果肯出来受绑，咱们好好儿待你；万一执迷不悟，上头已经吩咐下来，活的抓不住，死的也要。咱们可要将你乱刀分尸了！"

众捕快一齐吆喝："不要走了胡中吉这贼子！不要走了胡中吉这贼子！"三百多个人齐声叫，那声势倒也着实惊人。

胡中吉其实早已听到动静，他怕惊了朋友，故不作声。现在见已围定，就说："想不到这些家伙这般讨人厌，好意来看你，反而让你受惊了。"

那朋友有气无力道："阿吉，你能走就走你的吧。我是种田的庄稼汉，料他们也不会来难为我。"

胡中吉道："现在的官府若讲道理，百姓就不会吃苦了。谅这么几个人也挡不住我。你放心就是，只要我胡中吉在，准保得你的平安。"

他打开大门，故意面门坐下，拿来茶杯茶壶，自斟自酌，只装作津津有味地喝茶，并不去理睬他们。众捕快站在外边，战战兢兢，没有一个人敢带头冲进去。约有半炷香的工夫，一直僵持在那里。

徐冲毕竟年纪轻了几岁，不由得气往上冲，喝道："娘的你们这般混蛋，真称得上是酒囊饭袋。有种的就跟我来！"

说着，亲自握了一根长矛，挽了一个枪花，大踏步走了进去。

胡中吉见他进来，"啪"的一声扔了茶碗，大声道："你们不要欺人太甚！"说着，一跃而起，一跃跃进人丛里。

众人大惊，齐声发喊，手里刀枪不停，乱砍乱戮。只见胡中吉三次滚倒，三次跃起。众捕快不知道是怎么一回事，只是乱喊乱砍，却没有一个人砍中他。徐冲大吼一声，尽力一矛扔去，正中石阶，击出一串火星来。谁知这时胡中吉已经冲出重围，不知去向。徐冲窝了一肚子的火，点自己人，发现捕快死了三人，伤十一人。

他心中大怒，喊道："捞得住水草就是虾，捉不到胡中吉这厮，捉了他的朋友也是一个交代。来人，抓了这厮去！"

众捕快抓胡中吉是窝囊废，抓种田人却是一把好手，齐声答应，铁索一抖，将胡中吉的朋友拉了起来。

正要出门，白光一闪，胡中吉已经回来，"啪啪"两拳打倒了两个公人，一把将朋友背在背上，几个起伏，出了人群。

徐冲正在里面查找证据，不防胡中吉还会回来，等到外面发喊，出来看时，胡中吉已如一溜烟似的去远了。他们不知道，这正是胡中吉救友出险的好办法。

无名道士

　　元朝时，湖南湘陵有个穷书生，姓秦名星槎，家有一件祖传宝贝，名叫诸葛炉。这炉小巧玲珑，式样优美，做工精细，上盘龙一十二条，龙口开有一十二个小孔。只消在炉里点起香来，它就能按时辰在各个孔里喷出烟来，一个时辰一个孔，分毫不差。

　　当地有个恶霸，名叫陈六奇。这厮依仗自己兄弟在县里当县官，听说秦星槎有这么一件宝贝，就扔下十贯钱，将这炉抢走了。

　　秦星槎夫妻二人，失去了宝贝，觉得无颜面对地下祖宗，终日以泪洗脸，一心只想寻死。这天秦星槎正坐在门口长吁短叹，正好有个看相的道士路过。

　　这道士身材瘦长，青衣黑髯，羽衣星冠，貌相清癯奇古。见了他一脸的伤心，问他是怎么一回事。

　　秦星槎将这事一五一十说了，说着，说着，连眼泪也挂了下来。这道士道："这位大哥放心就是。依小道算来，这诸葛炉不日便能物归原主。大哥不信的话，三天后还是等在这里，且看这厮来还还是不来还。"说着，自己摇摇摆摆走了。

　　且说这天陈六奇与几个狐朋狗友喝完酒，已是天近黄昏，走到家门口，只见一个道士坐在他家门口。

　　那几个狗仗人势的门子上前道："说与老爷知道，这相士已经来了有半天了。小的们赶过他几次他都不走，说有话跟老爷说！"

　　陈六奇骂道："王八羔子、臭算命的，坐在这里干什么，又想到老爷这里骗钱是不是？"

　　那道士上前拱手道："这位老爷出口不逊，难怪咱们这些个同行没人敢来，小道是天生有好生之德，特来说与老爷知道，决不收老爷一文钱。实话告诉老爷，老爷近日可有血光之灾啊！"

　　陈六奇见他说得严重，骂道："娘的臭相士，总是这一套，什么算命打卦圆

梦相面，什么问休咎、推干支，妄谈祸福，奢言凶吉，还不是为了骗人钱财？"

那道士道："老爷不信也只好由你，实话说与你，昨天路过这里，抬头见老爷屋上有一团黑气，这是四正不利的表现，吊动了一个计都星，在里面作扰，多少会有些啾唧不安。老爷本人不出两天，就有血光之灾。好了，小道的话说完了，老爷自己保重。"说着，一拱手便走了。

陈六奇叫道："你他妈的满嘴喷粪！别走，你且说，可有什么解灾的法子没有？说得好，老爷就赏你十文八文；说得不好，当心老爷打断你这狗养的狗腿！"

那道士道："老爷满口的好东西还是少喷为好。小道也不在乎老爷这几个钱。只是告诉你，老爷早些日子有没有弄来些不义之财？如果真有，快快交给小道去还给了原主，或许可以消灾也未可知。"

陈六奇大怒道："放你娘的十八个连环屁！老子向来公道买卖，哪来的不义之财？你与我滚蛋！当心老子敲了你的牙齿！"

相士也不介意，只是边走边嘿嘿冷笑。

当天夜里，无风无月，屋里屋外一片漆黑。

陈六奇一睡醒来，只觉得什么地方有件铁器"铮铮"在响，听那声音由远至近，听到后来竟然停在自己窗下，"丁零当啷"煞是热闹。声音甚是诡异。

陈六奇是个坏事做绝的人，最怕的就是鬼魂找他，这阵听见这声音蹊跷，不由得睁开眼来，只见窗下黑黢黢的像有个鬼在晃动，直吓得陈六奇连忙闭上眼睛，生怕这是一个牛头马面。

稍待一会，声音没了，窗外又是一片寂静。陈六奇诚惶诚恐地刚睁开眼睛，"嗖"的一声，随着白光一闪，一把雪亮的匕首飞进窗来。陈六奇一声惊叫，只觉得头上一阵剧痛，一摸头发，连发带皮已经削去一片。

他捂住头皮，半晌不敢作声，后来再不见动静，才敢拔下床上的刀，只见刀刃上插着一张纸条，点起蜡烛一看，上面写着：

你这厮挟势以扰士民，一方遍罹荼毒，故削去你头皮，聊以示警。若不速图悛悔，速去归还宝炉，即当取你首级，以为为恶者戒。

陈六奇一看之下，心胆俱裂，心想保命要紧，次日一早，立即写了一封书信，再三向秦星槎道歉致意，并派人抱了宝炉一同送到秦家。

秦星槎简直信不过自己的眼睛，心知确是那位道士暗中起的作用，高兴之余，四出寻找那个道士，想当面道谢，可惜从此再也见不到这人。

而陈六奇这个家伙，也因吃此一吓，收敛了许多，再也不敢到处生事寻衅，无理取闹了。

章 铁 拳

元朝末年，江湖上出了一条好汉，不知道真名叫什么，只知道人称他"章铁拳"。

这人环眼虬髯，身材矮胖，一副粗豪的神色。平日里穿一件粗布青衣，扶着老爹老娘，在街头卖艺。

每每到了他卖艺时刻，他也不打拳吆喝，只叫人取些硬物硬件来放在他面前，然后吩咐大家远远围着看好了，只见他手起拳落，那些铁啊石啊的物件总是或凹或碎，看得一班人伸出舌头来半天缩不回去。

这些物件，小至砖块香炉，大至石凳米缸，也不见他运气贮力，只要他一出拳，这些东西总是应声碎裂。

人见他双拳如铁，谁若挨上了定会筋折骨断，头穿脑破，故而谁也不敢惹他。

有知情的人说出来，原来章铁拳的爹娘只是一般的庄户人家，他的爹章大种了地主家二十亩田，每年按三七开分成：七成收成给了地主，三成留下自己养一家三口。

这年正逢荒年，老天爷不帮忙，一连三个月滴雨未降，章家租的这块田远在山上，竟然颗粒无收，地主蔡鱼金是个算盘打得精的家伙，说好丰年里三七开成，荒年里每亩也要收他一石谷子。章大哪来这一石的谷子还债？没奈何，只好将自己唯一的儿子典给了地主当了奴才，说好两年后依旧还人。

就这样，这个年仅十五、骨瘦如柴的孩子就进了蔡鱼金家。

蔡家地主派给他的活儿是舂米。

蔡家专有一间舂米间，那米臼硕大无比，一次可舂五斗白米，那舂米的椎子头是个石椎，光重就有20斤，加上那根实木的柄，少说也有25斤，别说章家少年还是一个孩子，即便是个铁凛凛的汉子一天也舂不了两臼

米。可这个恶毒的地主竟然逼他一天也要舂两臼。

可怜这孩子，身重才六七十斤，哪来这个力气？拼死拼活，石椎才举了个半高，就落了下来，折腾了半天，还舂不了二三十下。

这地主生就豺狼心肠，见了不但不稍加怜惜，反而操起一根柴棒，劈头劈脑刮将下去，直打得这孩子皮开肉绽，遍体鳞伤。

等他打疲了还说："不打死了你这懒虫，你如何肯干活？你举不动石椎，就与我用你自己的双拳舂米！再不舂出米来，看我夜里不打死了你！"

这孩子被地主打怕了，只好跪在地上，双拳并用，一上一下地真用双拳舂起米来。

开始时，双拳下去，粗粝的谷皮擦在他皮肤上，直擦得鲜血淋漓。俗语说，十指连心，孩子痛得眼泪直流，又不敢哭出声来，只好边流泪边舂。时间一长，连皮肉也磨了一个精光，三天五天下来，十根手指已光留下十根骨头，煞是凄惨。

就这样，两年下来，他自己也忘了用双拳舂了几白米，只是两拳已经坚硬如铁。

好不容易熬到两年，他爹因为年成还是不好，没钱将他赎回来，只好流着眼泪对他说：

"我的儿，也不是你爹狠心，实在这蔡老爷凶，他说你这两年为奴，只能算是所欠的那二十石谷子的利息，要赎你出来，还得付二十石谷。今年你娘与我累死累活，也才收了四十石谷。二十八石付了租钱，就十二石谷，不吃不喝也赎不出你来。我的儿啊，你叫爹怎么办啊？"

说着父子两个抱着哭成一团。

过后，章铁拳说："爹，咱们哭也没用，是不是去求求老爷，让他好歹看我为他辛辛苦苦舂米的份上，放我回去吧。"

于是他们两人来到里屋，齐齐跪在地上，只求老爷开恩。

那蔡鱼金原是个只见钱财不存人性、穷凶极恶的角色，听了他父子两人的话，呵呵冷笑说："我道你是乖乖儿来还那二十石谷子了，原来是要我白白放了你这个小畜生，你也不吐口口水照照脸，凭你这张猪脸，也配来说这话？"

说着，一脚将老汉踢翻在地。

章铁拳心中大怒，霍地站起来道："蔡老爷，我这辛辛苦苦做的两年不说，我爹求你你不答应也就罢了。干吗动手打我爹？"

蔡鱼金道："别说打这老狗，就是杀了你们父子，也直如杀两条狗。你站起来讨死？"

说着，随手捞来一根门闩，劈头盖脑朝老汉头上打去。

章铁拳见他毒打老爹，怒发如狂，拔出左拳一挡，"咯"的一声，那门闩断成两截，右手手起一拳，正中这蔡老爷正胸，"噗"的一声，早已腹开胸裂，胸前一洞血水汩汩冒出。蔡鱼金连哼都哼不出一声来，倒在地上，乖乖儿下地狱见阎王去了。

章铁拳见闯下这场大祸，一把抱起老爹就走，连夜逃走，带了爹娘流落江湖，从此成了走江湖的艺人。

柴幸复仇

明朝正德年间，有一个姓吴名举之的人，当上了秦中县令。

这人虽长得文绉绉、相貌堂堂，却是满肚子的男盗女娼，专门搜刮地皮，盘剥钱财。

他这人手段高明，一般的穷百姓，他是嘘寒问暖，有时还送些小恩小惠去，以图博个好名声；而对有钱人，便像狼眼睛似的灼灼盯着，抓住一点小辫子便欲置之死地而后快。置人死地是为了一举两得：一可以图个铁面无私的清廉声名；二可以将他们的钱财全数收入私囊中。

这年，他下属县里有户姓柴的大户，名叫一强，为了祖坟坟地的事，与邻县一个姓蒋的人家争吵起来。柴姓下人与蒋姓下人发生了械斗，蒋姓下人中有一个人中风死了。

吴举之早已觊觎柴家那份家财，见机会来了，心中大喜. 就嘱咐了师爷，层层增加罪名：柴一强没有参加械斗，被说成是他带头参加；那个下人是激动中中风死的，仵作验尸后明明说了，他却要仵作改了验尸报告，说是被重殴致死；械斗时，柴一强明明不在场，被吴举之严刑逼供，说成是亲自动手打的。于是就将柴一强杀了。

这样不够，吴举之又将当时邪徒聚众闹事一事按在柴一强的头上，因此不但柴一强本人被杀，他的家产还充了公，实际上收入了他的私囊；柴一强一家男男女女、大大小小全籍没为奴。他的一个十岁的儿子名叫柴幸，吴举之见他长得清秀可爱，就收他做了自己家里的家僮。

吴举之收下他时，只当柴幸还小，不太懂事。不料柴幸年纪虽小，却很有心机。他虽然不明白他爹之死是怎么一回事，但是是吴举之一手搞的他却心里明白。他办事乖巧，善于察言观色，加上他识字知礼，伺候得主人家没有一个不喜欢他的。可他心里却一日不忘杀父之仇，总是半夜偷偷起来习武。但他毕竟没有入门，虽然用功，进步却小。这样一去二来，转

眼间已过了十五年，柴辛已长到二十五岁。他一心想报仇，却始终找不到好机会。

这年，吴举之已年过六十，他故伎重演，第九次加重罪名谋杀一个只有些微罪名的大户人家，企图又一次弄得他家破人亡。谁知这户大户有个京里做事的亲戚，见到这事太过恶劣，走通门路，在京里参了吴举之一本。吴举之到底被撤了职，罢了官，打回老家。

吴举之不死心，还想在死前捞上一票。他有个亲戚在山东做官，就带了大批钱财，上山东去买通他，想为自己再弄个官当当。吴举之也是命该绝亡。他早已忘了柴辛原是他仇人的儿子，到了这时，他已时时离不开他。买官职是见不得人的事，他不敢多带人，只带了柴辛一个助手，加上几个倒水端盆的下人，大箱小包的上山东去了。

这天，已经入夜，他们一行人投宿在一家不大的客店里。

吴举之临睡还想与柴辛商量明天上路的事，不料叫人四处寻找就是不见他。

吴举之摸摸头皮道："这……这人上哪去了？我自小养他到大，于他的恩不是他一天两天报答得了的，怎么逃走了？"

第二天，柴辛还不见人，吴举之骂骂咧咧地上了路。傍晚照样找了家干净的客店投宿。半夜里，突然一声响，大门被人踢倒，二十几个人一拥而进，柴辛为首踢开房门，一把揪住吴举之，两眼犹如要喷出火来似的，喝道："吴举之，你认识柴一强的儿子柴辛吗？！"

吴举之跪在地上，惊得脸如土色，这才想起那个被他害死的柴一强，嘴里结结巴巴，半天说不清楚。

柴辛道："你且说给大家听听，你是怎么杀我父亲，谋我家钱财的？"

吴举之"砰砰"磕着头，道："……柴……柴壮士，高抬贵手……只要壮士饶小老一命，你要钱……尽管拿去。"

柴辛一脚踩倒了他，道："谁要你的臭钱！"

他将自己手中的刀一挥，剁倒了他，砍下了他的脑袋，然后跪倒在地，哭道："我忍辱负重一十五年，就是为了今天这一天。爹啊爹，你地下有知，可以闭上眼睛了！"

说着，带着人一齐走了，连一个子儿也没拿。

　　真不知道，柴幸是怎么叫来这伙人的，而这伙人又是什么人？柴幸走后，那些躲在一旁的下人这才出来。他们也知道吴举之的为人，见这么一个好机会，立即一块商量了，将他的钱财一一分了，然后趁着夜色尚浓，一哄走散了。

　　那个店主吓了一个半死，等人走完了才敢出来，而这时，屋里除了一具没头的死尸外，已一无所有。他怕惹上祸水，连夜将尸体拖出野外，草草埋了。

　　因为埋得浅，第二天被饿狗拖了出来，撕成碎片吃了个精光。这正是一个恶人应有的下场。

小力禅惠通

　　明朝成化末年（公元1487年），号称"千斤刘"的刘石和尚作乱，官府让康都督带了兵去平乱。

　　但是康都督有其名而无其实，打了几仗，损兵折将，很是不利，进又进不得，退也退不成，心里十分恼火，整天郁郁不乐，不知如何是好。

　　他的参军胡二利道："康大人放心，下官有一计在此，不知顶不顶用。"

　　康都督道："且说来听听。"

　　胡二利道："下官早听说千斤刘与一个老和尚有些瓜葛，何不让这老和尚去说说？"

　　康都督瓮声瓮气道："他们是什么关系？"

　　胡二利道："听说老和尚是千斤刘的师叔，当年千斤刘学艺还未成，他的师父就意外死了，失了管教。他的师叔武艺高强，号称小力禅，有他去说，千斤刘一定肯接受招安。若能有他去说，岂不比硬打来得好？"

　　康都督觉得这事很有损他的面子，但是如果一定要打，不但毫无把握可言，反而说不定再打败仗；如果这老和尚凭他一张嘴说得千斤刘来降，他老康岂不是大功一件？于是问道：

　　"这老和尚叫什么名字？住哪里？"

　　胡二利道："报大帅知道，这老和尚法名叫惠通，住紫微山的庙里。"

　　康都督连夜修书一封，派了一个能干的亲信直送紫微山。不日回来报告，说惠通和尚说，他正在静修正果，不管世事，多谢都督看得起，只是他已不能下山来，还望都督恕罪。

　　康都督大怒道："娘的这个老秃驴，这么不识抬举，不要让本官光火了，一把火烧了他的破庙，看他哪里静修去？"

胡二利劝道："都督歇怒，总是国家大事为重。大人若是硬来，这和尚一走了之，总是于事无补。依下官之见，不如将这事上报皇上，以皇上的名义去叫他，他再不来，他是违抗皇令，再杀再烧不迟。"

康都督听听也有理，就去弄来一张圣旨，又一次送到紫微山去。

惠通禅师没奈何，只好带了四十个徒弟奉命来见康都督。

康都督见惠通不听他的召，只听圣旨，心里十分恼火，就派了两百名士卒列队站在营门口，叫惠通和尚进来时，只管拿刀砍他，万一砍伤砍死了，这是他活该，也叫这秃驴知道知道都督的威风。

且说这天惠通和尚带了四十个徒弟来到营门口前，对徒弟道："为师的上一次不应召，这位康都督一定在生为师的气，少不得会设法整为师，倒需防他几分。"

他要徒弟等在外面，自己暗暗将一条短铁棍抽出偷偷儿拢在大袖里。

果然，才走到营寨门口，只见二百个兵卒分两列齐齐站在门口，目露凶光。惠通是何等样人？心里有数，也不打话，倏地一下朝里冲去。众军士齐声吆喝，拿刀的拿刀，拿枪的拿枪，纷纷向他身上招呼。

外面徒弟们看在眼里，怒喝道："打仗没能耐，打和尚倒是挺能干的！"

说话间，只听见"叮叮当当"声不绝于耳，众军士的刀枪已被小力禅的铁棍一一挡开，他本人则捷如猿猴，转眼间已到了军营之上。

康都督见他虽然身材瘦小，武艺却着实不弱，不由人不肃然起敬，就站起来迎接。

老和尚也不与他客气，就坐下同他谈起正事来。

康都督道："这次请老禅师出山，实在是不得已，不知大师要带多少兵马去才能成事？"

惠通道："不敢有劳大帅的人马，有小徒四十人足矣。"

康都督道："这是圣上着意的事，来不得半点闪失，老禅师小心为好。要不皇上怪罪起来，下官吃罪不起。"

小力禅道："老衲自会理会。如果不成功老衲是不能活着来见大帅的。"

康都督无话可说，就招待了他们一顿素斋，第二天就让他们出发走了。

　　且说惠通和尚来到千斤刘那里，千斤刘见师叔亲来，虽然学艺时两人见面很少，毕竟辈分上比他大着一辈，只好出来迎接。

　　小力禅道："贤侄，本来你的事老衲也不好管你，只是你违抗朝廷，害得朝廷找到我老和尚的头上来，连想静修也静修不成了。我知道你也有你的理由，大家说多了多伤和气。不如这样吧。咱们先将叔侄关系搁过一边，各自凭武艺说话。如何？"

　　千斤刘因为他是师叔，正感到为难，见他这么说，道："师叔体谅小侄，小侄感激不尽。小侄输了，小侄在众将士面前也有句话；若万一蒙师叔让我，师叔回去也好交代。"

　　惠通道："话是这么说，真刀真枪不长眼，咱们毕竟是师叔侄，伤了谁都不好，现在咱们各自在自己的剑上包上一小包石灰，比试后看谁身上的石灰痕多，多者输。这样好不好？"

　　千斤刘也没必胜的把握，连声说好。

　　于是两人各自换上了黑衣，开始比试。这一仗打得十分凶险，自中午一直打到傍晚。

　　千斤刘身上直如拨翻了豆腐、在石灰堆里滚了三滚似的；而看惠通的身上，却仅三点两点白痕，却都不是要害。

　　千斤刘道："多谢师叔手下留情。小侄不知天高地厚，实在狂妄。小侄说的话是算数的，三天后午时准来康都督处投诚。师叔放心就是。"

　　三天后，千斤刘果然如约来投。康都督这时才大喜，上奏皇上，要封惠通一个指挥使当当，被他婉言谢绝了。

　　于是朝廷特地在紫微山石佛寺设了一个巡司以防盗贼，据说他死前一直享受五品官职待遇。

隐身侠盗

　　明朝年间，四川有个巡抚，姓韩。他在当地做官十年，搜刮了不少钱财，总合起来不少于十万两。他想将这些银子送到京都去，就派他手下武艺最高的一个参将名叫金格安的，押着回去。

　　金格安早年也在江湖上混，因为与一个强盗头子顶了杠，一气之下出了黑道，他在衙门里因为武功高强而受到韩巡抚的重用。

　　这人长得相貌丑陋，身材高大，两只突眼，一部络腮，两鬓蓬松，宛似钟馗下界，双眉倒竖，犹如罗汉西来。

　　金格安对巡抚道："韩大人，不是小将怕事，如果十万两一齐上路，势必引人注目，眼下江湖上好汉如云，小将双手难敌四手，只怕不能平安到达，还不如分一半一半走，两次护送，倒反没事儿。"

　　韩巡抚道："那就依你，只是如果有个闪失，下官可惟你是问。"

　　于是金格安就将五万两银子分装成十筐，挑了十头特好的骡子驮了，打扮成客商模样，一路小心谨慎，总算来到了山东。

　　这天他们走啊走的，不知怎么一来，错过了宿头，天色已黑，却来到了一个前不巴村后不巴店的荒野地方。

　　金格安心中焦急，骑了匹马四处寻找，好歹找着了一座破庙，心中大喜，就赶骡进去，卸下银子，胡乱弄了一些东西吃了，生起一个火堆，让大伙围着火堆躺下，银子就搁在火堆旁边。

　　他自己则将大砍刀枕在头下，守着银子，心想，万一来了蟊贼，总不能偷偷将这银子摸去。

　　这一夜因为多走了几里路，身子甚是困倦，竟然一夜睡到了大天亮。

　　醒来一看，不由得倒抽了一口冷气：原来那五万两银子已经不翼而飞，其他人马器杖倒丝毫没少。

　　金格安半天作声不得，心想："我这人虽然昨夜睡得死，但是我是自小练童子功的人，加上天生的好耳朵，稍稍有个风吹草动，马上就能醒

来，若真是强盗蟊贼偷的，这么重重十筐，要跨着我们人进来，又提了它们跨过我们的身子出去，我岂有纹丝不觉的道理？说不得，定是个轻功绝顶的好汉干下的事。他既然能做到这一点，要杀个把人还不易如反掌？这样的人要你的银子，你还能……还能要得回来吗？"

他原想一走了之，细想一下，一来韩巡抚待他不薄；二来他的家小都在四川，说不得只好回去再说。他明知问庙里的和尚没用，事已如此只好问上一问。果然，进去一问，庙里才两个老和尚，一个跛脚，一个瞎眼，别说是偷，就是让他们白提，他们一个夜里也提不了五万两。

金格安没办法，只好灰溜溜地带了一众人回四川回话。

韩巡抚大怒，立即将金格安一家老小收了监，道："金将军，不是下官办事不讲情面，下官也不限你日期，只要你什么时候将银子取回来了，下官什么时候放人，你老小的一切吃穿，自会叫人管他们周全。"

金格安知道这事怨不得韩大人，就带了些路费再次上山东去了。

他在失银的所在方圆百里上上下下全找了个遍，白道黑道都打听过，消息全无。

这天金格安来到一棵大树下，见一个算命先生正在为人算命。百无聊赖中，金格安也占了一卦。

算命先生是个清瘦的中年汉子，他盯着他看了足有半盏茶的工夫，然后道："壮士问什么？"

金格安说："在下是个保镖，早日丢了一票银子，想问银子今在何处。"

这算命先生笑道："壮士舍得十两银子给我，你去雇一顶轿来，小可为你指点一二。"

金格安半信半疑道："先生若是能指点迷津，即便二十两也是该的。"

他即刻雇来一顶四人轿，抬起先生就走，叫轿夫只管听先生说，他指哪里就走哪里。他自己则紧紧跟在后面。

这样走了非止一日，终于来到一处深山。这里到处是怪石山径，四野里没有人烟，天色也已向晚。

那算命先生道："停轿！壮士过来，小的指给你看，打这儿过去，向南拐三个弯，再向东走，进入树林便是，恕小的失陪了。"

说着收下金格安付给他的银子，要轿夫拨转头往回走了。

金格安想："谅这厮也不敢骗我。万一骗了我，他也逃不出我的手掌。"

他依言走着，果然在树林中找到了一个大院落。

门子听说他是来讨银子的，就领了他走进去见一个头戴王冠的中年人。

这人长得十分高大，面目清秀，听他说了，朗声道："这么说来，你是为那个姓韩的人来讨银子的——来人，让他去找找看，他的银子也不知在不在？"

仆人领他来到一个仓库里，开了锁，让他自己找。这里金银珠宝，应有尽有，看得金格安的眼睛也花了，好不容易终于在一个角落里找到了他的十筐银子，连上面打的封条也没人动过。

金格安道："这银子正是在下丢失的，容在下与主人说一声，还了我如何？"

那仆人是个小个儿，长得没有他一肩高，道："是你就好。主人吩咐过的，你去那间屋里等上十天八天，到时候该还你就还你。"

金格安发急道："你且容我与你主人说一句话！"

说着，拔转头想走，那小个仆人一把揪住他的肩膀，如提一只小鸡一般将他偌大一个身子提进一间屋子，道："这里是什么地方，岂是你说走便可以走的？"

这一把正捏着他的穴道上，金格安但觉半边身子麻得不行，更别说还手了，他灰心丧气想："罢了，罢了，我金格安空有一身武艺，连这么一个小小仆人都任他提着走，还有什么可说？"

这一等竟等了半个月，那主人再次见他道："小王不忍心让你的家小被扣着，这儿有一封信在这里，你带了回去交给你主人，准保你没事儿。"

说着，他要仆人放他出去。这次送他的是一个书童，走的是后门，出去要走过一条深沟，宽约十丈，金格安自忖无论如何跳不过去，方想开口，谁知这小童一把挽住他的胳膊，只一跃便跃过去了。

金格安连连摇头，知道自己武艺实在与他们相差太远。

回到四川，他见了韩巡抚，将所遇事一一说了，并奉上要他带来的那封信。

韩巡抚接过拆开看了，不由得神色大变，就说："这……这事也不全是你的过失……算了……算了……"

马上放了金格安的家小，再不提银子的事。

原来一个月前，一天夜里，韩巡抚的一束头发和一把锁官印的钥匙不见了，这封信中附的正是这两样东西。

金格安自这一场遭遇后，天天垂头丧气的，借了个机会，辞了官回家去了。不过他终究没能知道，这王侯模样的人到底是谁。

祖 孙 侠

　　明朝时，湘桂边界越城岭有名的猫儿山出了一头凶残无比的癞虎。两年下来，周围村落山庄已不知被它伤害了多少人和牲口。几个村一商量，觉得此虎不除，村里人就没法儿活，于是悬赏一百两银子，招募猎人去除掉这虎。

　　只到了第二个月上，消息传来，一个外出的年轻人路迢迢从四川请来了两位杀虎高手。众人一听大喜过望，纷纷外出迎接，但一见之下却是大失所望。原来来的只是一老一少两个：老者满脸皱纹，白发萧索，容貌清癯，穿一身旧的纺绸衣衫，显得甚是斯文；小的那个才十来岁，生得粉妆玉琢，清秀可爱，只甚是腼腆，见了人就要躲到老者的身后去。

　　问了去请的年轻人才知道，这老人姓商，西蜀人氏，世代杀虎为生，那个孩子是他的孙儿。众人说他们一老一少两个，手无缚鸡之力，拿什么去杀虎，上山去被虎吃了岂不又是一件罪孽？几个乡里的老人表面上说是来陪客，暗地里却百般套问。谁料到那老人只是慢悠悠地啜茶，淡淡一笑道："各位父老尽管放心，待小老明天上山去踏看了再说。"众人见探不出他的口风来，只好作罢。

　　第二天，祖孙两个迟迟起了床，吃罢早饭，然后空着一双手上山去了。老村长问要不要人陪，老的笑着一摇头，自顾自拉着孙儿的手走了。

　　村里人全伸长着脖子等着，想到老虎多半大白天不会出来，这才稍稍放下一点心。还不到吃中饭，眼尖的后生看见这一老一少谈笑着缓步下山来了。老的还是空着一双手，小的则手里捏着一对精光溜滑的鹅卵石。他见众人直勾勾地盯着他瞧，害起羞来，又躲到爷爷的背后去了。

　　老村长迎上前去，问道："两位英雄可曾遇险？见着这个孽畜没有？"

　　老人将手一拱，道："多谢村长关心，这半天里我们已找到了这尊

畜的脚印和粪便。这畜生果然有些与众不同：它身长七尺，高二尺二寸，体重有二百一十斤上下，步履轻捷，行动隐蔽，只是左前爪似乎受过什么伤。它是昨天才饮的水，老虎这天气一般是三天一饮水，我还得等上两天才能动手。"

众人听了他这一番话，见他虽未见过老虎，却能凭借粪便和脚印就能说得这般准确，想来确是有些门道，这才暗暗点头，于是搬出好酒好肉来款待爷孙两个。

好不容易熬到第三天上，等到天色傍黑，老人和孙儿才起身上山，也不见他们如何准备，老人只是一拱手，对大伙道："各位暂时不要上床歇息，早则二更，迟则三更，若听见我小孙儿叫唤，还请各位上山抬虎。"

众人见他说得这般确切，不由得你看看我，我看看你，没有一个是相信的。

年轻人中有一个名叫卢芒的最为大胆。他实在信不过这老人的话，心想难道他有妖术不成，决定暗中跟了去探个究竟。他见祖孙俩走的是正路，就抄柴路上了山，挑了山上最高的一棵枝叶茂密的大树，嗖嗖嗖几下上了树。

他刚安顿停当，这才看见祖孙两个慢腾腾地踱着方步走来。一路上孙儿一声不吭，爷爷则不断地朝着空中"嗤嗤"吸气。

这天天色正好，一弦玲珑的弯月自山峰后探出头来，照得地下一片银亮。卢芒躲的那棵树长在山坡上，山坡下有一道自峰顶潺潺而下的小溪。祖孙两个走到这里，在溪边的一方大石头上坐了下来。

卢芒盯着这溪水，这才猛地想起来："这儿正是祖孙俩三天前来过的地方，那孙儿的两枚鹅卵石正是溪里捡的。"

这时，只听见孙儿清脆的童声在说："嗯，来早了，倒霉，爷爷，先讲个故事吧！"

爷爷说："阿桐，凡事都要认真对待，这孽畜已害了不少人，我们是为民除害来的。与其去找它，还不如在这儿早点等着的好。你耐着点儿，等杀了这孽畜，爷爷再讲故事不迟——"

话未说完，忽然他又"嗤嗤"两声，朝空中吸了两口气，压低声音道："来了，你快吹笛！"

那孙儿这才不慌不忙地站起来，打口袋里掏出一支竹笛，"呦呦"吹

将起来，这笛声既似鹿鸣，又像麂叫，说不上是什么声音。果然，才吹得三五声，骤然间，周围的世界像是突然死寂了。一会儿，猛的一声长啸，离卢芒那棵大树五十步路的一丛灌木后，呼的一声扑出一头巨虎来。它三纵两蹿已下了山，见有人居然来招惹它，不由得狂吼一声，直扑过来。

这时的老人已挺身站在溪边那块空地上，腰板挺直，精神抖擞，神态自若。那孩子像是见惯了这种场面，一点也不惊慌，只是收起了笛子，横跨一步，又躲到爷爷身后去了。

那猛虎略一作势，蓦地纵身跃起，直朝老人扑来。只见老人不躲不闪，只是双膝一弯，像是摆了一个马步，双手合并一擎，看上去像护住了头面。说时迟，那时快，那老虎已跃过老人孩子的头顶，惨叫一声，砰然落在溪边，再也爬不起来，而地面上已被那殷殷的虎血染得一片通红，在月光下显得十分诡异。

"这是妖法！这是妖法！"躲在树上的卢芒吓得簌簌发抖。

"爷爷，你看，这该死的畜生，弄得我一身衣服都脏了！"下面是孙儿撒娇的声音："我要你赔！"说着，还用脚踢了老虎两下。

"想是它的前爪折断过，扑的力道不足，要不血溅出来总不会染在我们身上的，等会洗一洗吧。"爷爷在解释："乖，快去叫山下的人来抬老虎！"

那孩子咕噜着走上山冈，尖声叫了起来："喂——山下的叔叔伯伯，可以来抬老虎了！"

山下人早屏着气在等待，听见叫声如何不高兴，他们举着火把、灯笼，一窝蜂上山来了，待看到这头恶虎摊在地上，肚皮自颈上直至肛门已齐齐剖开时，一齐伸出舌头来，半天也缩不回去，

只有树上的卢芒才看得分明：这是老人双手执了一柄极为锋利的小刀在自己的头顶，借着老虎猛扑的一跃之势，生生将老虎的肚皮剖开了。

这一夜，几个村子一直狂欢了一夜。

第二天，老人带了孙儿，在乡民一站又一站的欢送下，离开这里回西蜀去了。他无论如何不肯收下悬赏的一百两银子，说为民除害是不能收钱的，只是收下了剥下来的那张虎皮，算是留个纪念。

为民除骗

这是发生在明朝京都南京的一件事。

这天，一个名叫曾秋立的年轻人外出游玩，走过一条小街，看见有一间屋里围着一大堆人，熙熙攘攘的十分热闹，挤进去一看，原来是一个小老头儿正在卖药。卖药本来也没有什么稀奇，稀奇的是他的桌子上放着尊两尺多高的观音像。这观音像是铜铸的，慈眉善目，闭目静神，看上去十分的庄严和雅。只见她左手捧一只净瓶，右手五指朝下摊开。

凡是要看病的人，先得向菩萨叩跪礼拜，然后卖药人才取出几种药丸来，向观音菩萨默默祈祷，将这些药丸一一在菩萨的右手手掌下拿过。大多数的药丸毫无动静，其中有一两粒药则被菩萨拿住再不落下。

于是，卖药人就说："大慈大悲观世音菩萨保佑，她说这两粒药吃了能治好你的病。你取出二百文钱来吧，我好去买香烛来叩谢菩萨。"

观看的人见观音竟会显灵，更是趋之若鹜，纷纷掏钱求医，因此，一天下来，这个卖药人总有好几贯钱的收入。

曾秋立知道这家伙是一个骗子，只是他要的是什么花样，自己心里却没有底。他曾挨近身去仔仔细细看过几次都看不出观音手上装有什么机关。

且说这个卖药的老头名叫郑阿温，原是个把小铜钿看做大磨盘、又狡诈又贪婪的坏蛋。这天傍晚他做完生意正要关门，忽见一个风度翩翩的佳公子走来，朝他深深一揖。郑阿温还了一揖，道："公子要请菩萨看病吗？"这青年道："晚辈曾秋立，刚才看见丈人赐福病家，深得菩萨宠幸，这等古道热肠，令小生好生仰慕。小生无以相敬，只想邀老丈去喝一杯。"郑阿温笑嘻嘻道："喝酒吃肉嘛，不瞒公子说，原是小老最喜欢的调调儿。只是小老这几贯钱是要为菩萨买香烛的。公子请客，小老是巴不得；要小老惠钞，小老却无能为力。"曾秋立道："丈人哪里的话？既然

小生有请丈人，哪有叫丈人破费的事？不瞒老丈说，小生在吃喝上也自有点小小本事，丈人放心就是。"郑阿温笑眯了眼："这么说来是盛情难却了。"

曾秋立就领了他上当地有名的国泰酒楼去了。店小二过来问道："两位吃些什么？"曾秋立向郑阿温一拱手道："老丈请点菜！"郑阿温老实不客气将好酒好菜点了一桌，少说也值一两银子。他边点边老用眼睛斜着瞟曾秋立，看他是不是心痛了'。可是曾秋立只是笑嘻嘻地坐着，一点也不动声色。不久，酒菜上来，两个人就大吃大喝起来。等吃完了，也不见有人来结账。郑阿温正暗暗纳罕，忽然曾秋立附着他耳朵悄声说："丈人吃得差不多了吧？咱们可以走了。只是请丈人无论见到什么都别开口！"说着，站起身来，带了他大摇大摆朝楼梯口走去，

郑阿温曾注意过这店的规矩，一般人饭还未吃完，店小二就过来结账算钱，就算有个别想赖账的也逃不过站在楼梯口那个店小二的眼睛，拦住了会向他要。但是曾秋立与他两个，走前既没人来要账，待他们走到楼梯口时，曾秋立只是举起左手在店小二的眼前凭空画了一个圆圈，那个店小二只是朝他点头哈腰，并未向他要钱，临走了还说："两位大爷好走，下次再来照顾小店！"

郑阿温好生奇怪，只是不便多问，就谢过他，自己回家去了。

第二天，第三天，以后一连五天，曾秋立天天来邀郑阿温到城里各处酒家饭店喝酒。不论他带他到什么地方去吃，他一律不付钱，只朝他的脸上凭空画一个圈，店小二就像中了魔似的，不但不向他们要钱，反而客客气气送他们出来。

第六天，郑阿温终于再忍不住，等喝完了酒出来到他家稍坐时，问道："小兄弟，你一连几天的请小老喝酒，小老是老实不客气，照单全收了。只是小老有那么一点不懂，干嘛家家酒店都不收你的酒钱？"曾秋立嘻嘻一笑，一脸的诡秘，道："这个嘛，丈人还是不问的好。反正丈人交了小生，这辈子白吃白喝却是有份的了。丈人如果看得起小生，就丢了这个卖药的营生岂不是好？"

郑阿温道："小兄弟，咱们真人面前不讲假话，小老看你临走时那么凭空的画一个圈，却不知道念的是什么咒语？可否让小老学上一学？"

曾秋立被他磨不过，只好说："说出来也不过是一个小小的遮眼法。

老丈若肯说出你的菩萨如何会拣药，小生就告诉老丈喝酒吃饭不用付钱的诀窍。"

郑阿温骨碌碌地转动他的那双小眼珠，考虑了半天，说："小兄弟可不要说了话不算数呀。若是我说了你不说呢？"

"若是小生说话不当话，那就天打雷劈，天火烧时逢油浇。"

郑阿温见他的誓言吐得恶，就嘻嘻一笑说："说穿了也不值得一笑，小老制的观音原是空心的，她的右手里小老灌进了磁铁。在制作药丸时，小老十颗中总有那么一颗到两颗搀上少许铁屑，所以嘛，一摆上去，自然而然，菩萨就会吸住了。小兄弟，现在你可以将你的本事告诉小老了。"曾秋立吁了一口气，一脸正经地说："不瞒老丈说，小生的本事也是稀松平常，人人都会：我每次吃饭前总得先上店里走一趟，事先付足了银子，还给门口站的店小二足够的小费。怎么样，不难吧？"郑阿温心知上当，忙说："这……这……小兄弟这么苦心孤诣的要探听小老的隐秘，这……这不是害了小老？"曾秋立道："哪里的话？这样做正好是救了你。这样吧，有两条路任你选：一条明天你在自己屋子门口贴一张告示，说这看病都是假的，然后将骗来的钱都去买了米，施舍给穷人；另一条，由小生去报告官府，你坐在这里听候发落。这尊菩萨嘛，小生先借一借。"

说着动手取了他的施药观音。郑阿温吓得脸都白了，抖颤颤地说："小兄弟饶过小老一命，若被官府查办，小老怕已经经不起一顿板子，明天……明天小老一定将骗来的钱还给百姓。"

第二天，曾秋立再上郑阿温家去，只见他正咬着牙齿在给穷老百姓施米，只是眼睛一斜一斜的满是恨意。曾秋立只是笑嘻嘻地看着，并不作声。回去后，他将这尊观音收起，免得以后再被人拿了去害人。

车碾平大

明朝盛世，京城中有一家米店，唤作顺发米店，店老板姓亢名舍三。这人脸若朱砂，一个酒糟鼻，身长不满四尺，为人十分懦弱。

他有一门远亲，是个远近闻名的无赖。这人名叫平大，长得两只突眼，一副络腮胡子，两鬓蓬松，宛如钟馗下界一般。他平日里一贯的好吃懒做，什么无赖事全干得出来，恰如《水浒》里杨志遇上的那个牛二一般。当地人敢怒而不敢言，谁也奈何他不得，就连官府，也避他三分。

这天一早事也凑巧，亢老板好不容易从乡下运来五牛车的粮食，正押解着进城来。一进城门，只听见耳边"啊哈"一声，吓得他脸都黄了，原来他最最害怕见的平大，正站在他面前。

平大嘻嘻一笑道："命好不如碰巧。昨天我问算命先生，哪里才有我的好运，他说叫我朝南走就是，不想正好运气，遇见老兄。来，来，来，不远就有一家酒家，咱们进去喝上三盅怎么样？"

亢掌柜被他讹诈过多次，见了他犹如见了老虎一般，连舌头都打了结，半天才挣扎出话来："平……平兄弟，老……老哥今天……今天正好有事，咱们……咱们改天再喝吧。"

平大道："这是哪里的话？即便有事，遇上我平大也就没事了。走，走，走，喝酒第一，其他事再说。"

他死乞白赖着拖了他的手，就是不放。亢掌柜有五车米等在路上，如何脱得了身？死活不肯。

平大光火道："老子邀你喝酒，是看在你的亲友之情上，你他妈的不肯去，却是翻脸不认亲。既然你不认亲，老子还讲什么亲友情分？现在老子老实告诉你，我平大今天正好没有米下锅，你有大米五车，就借老子一车过年！"

亢掌柜苦苦求恳道："平大兄弟，老哥说是开米店，其实也是小本生

意，哪来这么多米借你？兄弟若是真的揭不开锅，就去我店里提一袋米去如何？"

平大哪里肯听？他"啪啪"两下，扒了衣服，露出那黑黢黢一胸口毛来，四肢大张，当街躺下，道："娘的小气鬼，刚才你若松口，我就借你一车米；现在既然你这般小气，老子偏要治治你。你有种就从老子身上碾了过去；没种的，就拿三车米来！"

这街本来就不怎么阔，见平大寻事，早已挤满了人，现在他当街一躺，别说是牛车，就是狗车也难拉过去。

亢掌柜再三求他，平大只是不依。弄到后来，亢掌柜下了跪，平大还是不理不睬，直弄得这街的交通都堵塞了。

这时，车声辘辘，一辆马车驶了过来，来到平大躺着的地上，戛然停下，一个高大汉子跳了下来。

只见这汉子面目英俊，双眉斜飞，一身劲装打扮。有认识的说，他就是京师有名的好汉郁罗汉。

郁罗汉上前喝道："谁躺在路上？这是怎么一回事？"

亢掌柜结结巴巴将前后经过一五一十说了。

郁罗汉上前一步，用脚踢踢平大道："这话可是你说的？如果不给你米，你就算皇帝老子来了也不起来了？"

平大翻翻白眼道："正是老子说的？你是什么人？关你的鸟事？"

郁罗汉道："米是不给你的了。就算亢掌柜现在想给你，被我看见了，今天也不准给。京城皇帝鼻子底下如果容得你这种无赖，咱们百姓还有饭吃吗？现在，"他将手中的马鞭挥了一挥："我数到十，你这厮一个骨碌就起来。如果迟了，我就看这牛车敢不敢从你的身上碾过去？"

平大耍赖耍泼几时遇见过不怕他的人？如今竟然有人来将虎须，挺了挺胸脯道："你他妈的是娘生的就碾我；没娘养的就赶快走开！"

郁罗汉不去回他，大着声数道："一！二！三！四！五！——"

众人知道郁罗汉是个说得出做得到的人，轰的一声全退了开来。

郁罗汉依旧数将下去："六！七！八！九——十！"

话音刚落，手中一皮鞭朝拉载米牛车的牛挥去。这一鞭力大势狠，拉车的牛吃不起痛，发力猛地一蹿。那辆三千斤重的车子从平大身上碾了过去。

平大原只是一个无赖，又没什么铁布衫金钟罩功夫，"嚓"的一声，立即腹裂肠流，一命呜呼。

亢掌柜站在一边，原想拉住郁罗汉，不料人还未动，平大这家伙已经呜呼哀哉，吓得跌倒在地，半晌爬不起来。

看热闹的人不料有这一结果，只怕到时候吃起官司来有自己的份，一时间撒腿就跑，只留下几个胆大的远远站着看。

那郁罗汉神态自若，噗的跳上自己的车，走了。

平大一死，竟然没人为他出头。官府也因为郁罗汉为民除了一害，哪会去为难他？因此，这事就这样不了了之。

捕盗船上的书生

话说明朝年间，沿海一带海盗横行，朝廷为此花了不少力气，只是收效不大。朝廷对此很伤脑筋。

有一次，有一位姓张的将军自请前往。这人长得身材魁伟，相貌威武，天庭饱满，地阁方圆，自恃文武双全，就自报上司，自愿带兵去沿海走一趟，非好好儿捉来几个海盗示示众不可。

上司嘉许他的勇敢，决定拨给他一条大船与百十个兵，准备了海战的一应器械，即日出海去征剿那些散在岛屿上的海盗。

出海三天，海面上洪波浩浩，渺无际涯，白茫茫一片，别说海盗，就连一张船帆也没见到。

张将军正自闷闷不乐，突然闻到一股子异香冉冉而来。

他心底想："这不是香吗？士兵中是断然不会有这东西的，茫茫大海上哪来这种东西？"

他叫来自己的心腹张寿，吩咐道："张寿，你闻到这香味儿吗？快去与我私下查上一查，立即来报我。"

张寿领命去了，不一会来报，说船上不知哪来一个书生。

张将军吃了一惊，忙亲自去水手房里察看，只见房里果然有个文弱书生，这人长得目若朗星，鼻如垂玉，正是一个俊雅清贵的公子。

张将军喝道："捕盗公船，一向不准杂有外人，你是什么人，胆敢偷偷儿混上船来？"

这公子一脸的诚惶诚恐，作揖道："将军息怒，家父出海做生意，已有五年未归。家母愁得睡不安寝，食不知味，小生想出海寻父，一时雇不到船，这才借大人的船出海，别无他意。"

将军见他是个孝子，说话斯文，又不像个强盗模样，就饶过了他，随即两人闲谈起来。

这书生的知识十分渊博，上知天文，下知地理，吐史谈经，说仙道佛，对农桑经济也颇有研究。

张将军一向自以为长于文学，竟然不但难不倒他，反而时不时的被他诘难，不由得大为佩服，只觉得相见恨晚。

张将军正感到海上寂寞，突然遇到这么一个谈吐风雅的公子，如何不高兴？谈着谈着谈到捕盗的事情上来了。

公子道："将军有所不知，海盗嘛，有船有人，熟悉当地的风势水文，所以只能收服，不能压服，想捕是捕不住的。"

张将军道："公子，谈文的，小将原不及你；论武的，公子可就不懂了。区区几个海盗，全是乌合之众，大兵一到，都作了鸟兽散，会有什么能耐？"

公子道："将军真见过海盗的能耐没有？"

张将军道："量他们几个小小蟊贼，还不是欺侮欺侮老百姓？平日里又是杀人又是放火，只要一听到官兵来了，马上抱头鼠窜，十里八里的逃得连快马也追他不着！"

公子微笑道："是吗？小可听到的却不是这般。"

将军张大了眼睛，道："你是哪里听来的？"

公子抿嘴一笑，道："海盗在谈海盗，哪有不知之理？咱们要不要马上试上一试？"

张将军愣在那里，半晌作声不得，不知他在说些什么。

当时海星丽空，海波碎月，万里之内没有片帆只船。

公子背着双手，踱上船头，打怀里摸出一只当时叫"荜篥"的哨子来，轻轻搁在嘴上，"嘘溜溜——"吹了起来。

不到半盏茶的工夫，不知从什么地方钻出千百条小船来，火光红亮，刀枪如雪，将大船团团围住了。

张将军脸如土色，期期艾艾，半天说不出话来。

公子笑道："张将军休怪，我说海盗抓不得没错吧？不过话虽这么说，为国供职，自当如此。将军也别害怕，小生只与将军开个玩笑罢了。——将军珍重，小生去也！"

说着，只见他轻轻一跃，已经跳上其中的一只小船里，张起风帆，船发如箭，须臾不见。

张将军还是呆在那里一动不动。

张寿在背后推了推他，他才猛然醒悟过来。

他也顾不得面子了，连忙下命拨转船头，打道回府。

回来后，人家问他，这次剿灭海盗，情况如何，他只推说整个海面都已搜遍，就是不见海盗。

其实他本人自回来后，一直惊魂未定，饭也吃不下，话也说不全，过了好几天，才慢慢儿恢复过来。从此再也不谈捕盗的事。

水来土掩

　　话说明朝正德年间，湖北仙桃山中住有一户大户人家。这天，他家的小孙儿十周岁，家里请来一群和尚为他念佛贺岁。谁知和尚中杂有一个强盗。这家伙俗名钟兴庚，法名麻丰。这人原是强盗出身，因为事犯得多了，官府追查得紧，不得已只好削发为僧。这天也合该出事。庙里和尚因为请他们念佛做法事的人多，一时人手忙不过来，见麻丰来他庙里挂单，就胡乱将他也拉了进去凑数。

　　这天麻丰偷偷带了一把尖刀，与众和尚一起进了屋，觑个方便，上楼进了小孩儿的屋里，一拳一脚将屋里的几个使女丫鬟打出门外，用尖刀逼住小孙子，趁势用大铁钉将门钉死了。

　　屋里那个小孩儿吓得魂不附体，杀猪般地哭将起来。

　　几个逃出去的丫鬟使女啼啼哭哭一说，登时屋里乱作一团。

　　麻丰打开窗户，冲着楼下大喊："楼下主人听了，俺是江湖上赫赫有名的大和尚麻丰。今天你们的小孙儿就在俺手里，限你们一个时辰，即刻取五万两银子给俺，并准备一辆双马快车，让俺上路，半路上俺便好好儿将这小孩儿还给你们！若是胆敢去报官或者另动歪脑筋，俺立马就割下这小杂种的头颅来！"

　　说完了，又向主人要了好酒好肉，并大声说道："你们如果想让你的孙儿死尽管拿毒药毒酒来毒俺。凡是俺吃的东西，每件都得先让这小鬼尝新。若是菜次酒差，俺就先打这小畜生三十下！"

　　庄里人怕他真的害小公子，只好对他百依百顺：要酒要肉，要车要马，哪件敢不依他？只是，这五万两银子一时哪凑得齐？再三讨价还价，麻丰只肯将银子让到三万两，时间延迟到两个时辰。若再不拿银子去，他就要老实不客气将小孙儿一刀宰了了账。

　　仙桃山离城甚远，就是报告了官府，调兵赶来，也得三五个时辰，附

近一带又没兵勇壮丁。就算召集起一批人去强攻，只怕房门还没有攻进，他家的小孙子的脑袋倒早已骨碌碌滚了下来。只愁得庄主一筹莫展。

一个半时辰已过，麻丰酒足饭饱，正手握尖刀，昏昏欲睡，猛然间楼下一阵喧闹，有人在大叫："来了强盗了！来了强盗了！主人快走！"

脚步声杂沓，哭喊声，叫嚷声，屋里的人纷纷走了。接着，大门擂鼓似的，一片骂娘骂爹声，再一会，大门轰然倒了下来。

麻丰吓了一跳，跳了起来，心想："娘的，今天怎么不发利市，好巧不巧又来了强盗！这……这可如何是好？"

接着又听见楼下盗首似乎在指挥抢东西装车，小强盗在翻东西撬锁，砸柜砸箱，乒乒乓乓煞是热闹。

麻丰从窗口缝里偷望，只见一伙蒙面强盗正在四处抢劫。

麻丰叫苦不迭，一时拿不出主意来，突然楼梯"得得得"在响，一伙人已经上楼来。

为首盗首在吆喝："这门干嘛关上？里面准有好东西，与我砸！"

只听见庄主的声音在求："大王，大王……小老求……求求您了，这门可万万动不得！"

麻丰心里一喜："这老儿在就好。"

谁知盗首却道："你说动不得我偏要动！这门关得死紧，里面准藏有金银！"

他手下几个小喽罗一听果然来劲，手舞短刀，"砰砰"砍了起来。

麻丰万万想不到要紧时候会来个黑吃黑，正在自认晦气，门"哗"的一声倒了下来。麻丰怕引起误会，忙不迭放下了手中刀。

麻丰见为首强盗的个儿不甚高大，蒙着一张脸，手里提着一把明晃晃的刀，忙一拱手道："喂喂，喂喂，兄弟请了，小僧麻丰，正是干兄弟这一行的，碰巧小僧今天在他家绑架了一个小孩，向他要三万两银子。既然兄弟撞上了，咱们见者有份，分你一半如何？"

那盗首哈哈一笑道："原来兄弟正是江湖上鼎鼎大名的麻丰，这点小事自然不在话下。来，来，来，大家先去喝一杯如何？"

麻丰大喜，没有提防，刚转过身去取刀，突然右臂一痛，一条胳膊生生被这盗首卸了下来，痛得他大叫一声昏死过去。

众强盗一拥而上，三下两下就将他缚成了一个大粽子。

原来这强盗不是别人，却是一个路过的好汉，姓任名朝东。这户人家正在走投无路时，他正好路过，听说这事，道：

"这事说难是难，说不难也不难，如果你们肯听我主意行事，我保证你们救出这孩子来。"

众人虽然不信，没奈何，死马也只好当做活马医，就照他的主意办。他马上叫来一班庄客，各自蒙上脸，假冒强盗，果然一举成功。

于是这个该死的麻丰接着就被送进官府，秋后便问了斩。

小 虎

明朝年间，从外国来了一个勇士，名叫海衰。他是作为外国的使臣出使中国的。这个海衰身高六尺，力大无穷，远看如巨虎一般。外国派这么个人出使中国，表面上算是来与中国通好的，可实际上却是为了来炫耀炫耀罢了。

这个海衰十分霸道，到处横行恣睢，并且口出狂言，根本不把中国人放在眼里。皇帝知道这件事后十分不高兴，他决定四处张榜招募武艺高强之士，让他们与海衰较量一下，也好让他明白中国人不是好欺侮的。

没过几天，皇帝命人在京城里搭起了一个比武的擂台。许多勇士都应招而来。他们和"巨虎"交手后都没能取胜。这使皇帝非常不开心。

这天，京城来了一个名叫宋莫的小个儿揭了皇榜。这人是从苏州府特地赶来打擂台的。人们都传说他跳跃便捷，手脚矫健，擅长搏击，当地的人都称他为"小虎"。皇帝一听就来了这么个小人儿，立即派人召他进宫见驾。

第二天一早，小虎应召来到皇宫里，皇上一见只是这么个身高不到五尺的小个儿，而且长得又那么瘦小，心中就有些不快。他问道：

"朕问你，你的师傅是谁呀？学的是哪门哪派的功夫呀？"

那小个儿答道："回皇上，小的自幼就拜一位山野村夫为师，跟随师傅学艺二十年，学的是我师傅独创的武功。"

于是，皇上悄悄地问他："海衰这厮已连胜四场了，爱卿有把握胜他吗？"

宋莫微微一笑，问道："皇上以为呢？"

皇上被他问得怔了好一会儿，才说："这个，朕看爱卿，个头虽小点，不过，朕还是相信你是赢得了他的！"

宋莫又道："我早知道皇上定会有忧虑。不过，请皇上放心，我自当竭力以报皇恩，以振我中华之气。请问皇上，您是要小人打倒他，打伤他，还是打死他呢？"

皇上见宋莫如此自信，就说道："这厮实是欺人太甚，朕自然希望爱卿能打死他，也好除了这一恶。只是不能施暗计，这会有损我们泱泱大国的脸面的！"

宋莫跪地磕了个头，道："小人一定不负皇上恩典。"

第二天，擂台下锣鼓震天，彩绸齐飘。宋莫与海衰都早早来到比武场，准备一决高下，满朝文武都受旨前来观战。台下的老百姓也早就把这儿围得水泄不通了。比武场内人声鼎沸，鼓声不断。不久，就有人抬出文房四宝让海衰和宋莫都立下了生死书，交到监场官手中后，一个大汉来到台上，大喊一声：

"擂台赛现在开始！"

话音一落，只听锣鼓齐鸣，空中飞起一黑一红两团影子，旋了几个跟斗，"噔"、"噔"先后扎刀似的稳稳地站在台上。那穿红衣的就是宋莫，穿黑衣的便是海衰。海衰见宋莫个儿小，哪里把他放在眼里？他什么也不说，向前直冲一步，逼近宋莫，突然伸手一抓，一把就揪住了宋莫的衣襟，将他平提在空中，然后拎着宋莫转起圈来，不时发出洪钟般的笑声，说道：

"你要活还是想死呀？要活命就乖乖地叫我一声爷爷。哈哈……"

宋莫毫无畏惧。他向上一跃，双手一把勾住海衰的手臂，然后用力使自己的身体前后晃动，嘴里却假装求饶道："喂喂，大哥，你快把我放下吧，我们有话好说！"

海衰一听就狂笑起来，笑得直把头往后仰。正在这时，宋莫猛地飞起一脚，正中海衰的前胸。海衰眼前一黑，一口鲜血喷将出来，他松了手，捂住胸口，倒退了好几步。他还没站稳，宋莫又一个飞身横扫，正好踢在海衰的太阳穴上。只见海衰翻了几下白眼，跌撞着转了个圈后，就"砰"的一声，倒到地上。宋莫想再踩他一脚时，发现他已一命呜呼了。

后来，宋莫被封为卫国大将军，受到国人的尊敬。

白衣少年

明朝时，在鄱阳湖一带有个老头，名叫郑周。这郑周孤身一人住在一座小山村里，靠卖柴为生。他为人和善，平日里也十分乐于助人，因此村里人都亲热地叫他"老善"。

郑周在村里经常给父老们讲他年轻时的事。他原本是汴梁人氏，年轻时因家乡闹灾荒，因生活所迫去当了绿林强盗，到中年以后才洗手不干的。说起他这金盆洗手，其中还有一段故事可讲。

郑周自小长在乡村里，从小就跟人学武艺，到了十二三岁，就已经练得一身好功夫。十六岁便能单手劈开十块叠在一起的砖头，日行六百里也不在话下。

后来，他家乡连年闹灾荒，种下去的粮食颗粒无收。许多乡民都逃到外地去自谋生路了。那时盗贼也猖獗起来，郑周见没什么出路，就咬咬牙，狠下心，上山去当了绿林强盗，到处打家劫舍。

有一天，他们的人打听到有一笔镖银押往京城，途经此地，数目大概有一百万两。他们一伙四十个人就在山路上埋伏下来。因为镖银数目大，他们认为肯定会有大批的武林高手沿途保镖，所以个个都特别小心。可埋伏了好几天也不见有人经过。他们正等得不耐烦的时候，看见一个衣着讲究的少年殿后，押解着几大箱镖银而来。使郑周等人觉得奇怪的是，这一趟除了几个推车的人和这个少年之外，再无旁人了。而且这少年看上去白皙温和，弱如女子，根本不像个保镖。郑周一伙心里纳闷，却又惟恐其中有诈，所以不敢轻举妄动，偷偷地跟了他们好几天，可最后还是没发现有什么特别不妥的地方。于是，他们就商量着准备下手了。

这一天，少年的车队遇雨错过了宿头，只能在一个破庙里宿夜。这可是个好机会，强盗们心中大喜，都说：

"这可真是老天爷给的好机会，千万不能错过了。"

于是，郑周他们先找了个地方吃饭喝酒。酒足饭饱后又美美地睡了一觉，快到二更时，他们就简装打扮，身藏利刃，急急忙忙地赶去那个破庙劫镖银了。

这天夜里，因为下雨，所以天好像特别黑，强盗们在路上一脚深一脚浅，弄得满脚的泥巴。大约赶了半个时辰的路，他们就来到了那间破庙前。只见四周围漆黑一片，耳边只有"簌簌"的风雨声。

四十个人分成几组，分头行动。郑周带着几个小强盗蹑手蹑脚地蹭到破庙的那扇木门口。郑周从门缝里向内窥探，只见庙堂内一堆柴火还发出幽幽的微光，隐隐约约地可以看到地面上铺满了干草，却半天也不见那几箱镖银和押镖的人。于是，他用手肘碰了一下身后的那个强盗，示意进庙去看看。只听"嘭"的一声，郑周一脚就踢开了庙门冲了进去，接着，"啪啪啪"几声，其他的几个强盗也都破窗而入。

他们进去以后，却不见那个少年的踪影。连那几个推车的也没有。而那几箱银子却放在墙角。他们刚想动手搬银子，只觉眼前一亮，庙堂内灯火通明。接着，一个白色的影子从梁上跳下来，哈哈大笑道："各位，在下已恭候多时了。"

这人正是那个白衣少年，他说着，双手一扬，"嗖嗖"有声。还好郑周反应快，忙一缩头扑到门外，但仍觉得头上一凉，一枚铜钱已削去他头顶的一片头发。郑周滚进了臭水沟，伏着不敢动弹。过了一会儿，他听周围没什么动静了，就偷偷抬头看了一眼，发现同伴已没一个是活的了，而且个个都是被削去了脑门。等那群押镖的人走了以后，他才慌慌张张地逃回了家。

从此，他心灰意懒，再也不干绿林这一行了。

瞎眼歌伎

　　明朝年间，广东东部有个瞎了双眼的歌伎，名叫香倩。这姑娘二十上下年纪，长得鼻如悬胆，唇似丹朱，莲脸生波，桃腮带羞，只可惜原来的一双杏子眼，这会儿却紧紧闭上了。

　　香倩有副好嗓子，当地戏曲民歌俚曲小调什么都会，更可贵的是弹拨拉敲件件乐器都拿得上手。因此很受当地大户人家欢迎，每逢欢庆喜事，都要邀她去以图个热闹。

　　这天有户姓吴的乡绅人家，要娶新媳妇，于是派人来叫香倩，香倩被人带着，进了一进又一进的，心想，这户人家果然屋大，看来家里很有几个钱，要是我也有几个钱，那就可以治愈眼疾了，想到这里，心里未免酸楚。

　　好一会，婚礼仪式已完，余兴开始。主人吩咐香倩为大家唱个曲儿。香倩坐下，弹起三弦，一面张嘴唱了起来。她的声音婉转甜美，宾客个个叫好。正待再唱，一个仆人跌跌撞撞进来，叫道："老爷老……爷，大事不好……强盗强……盗来了！"

　　主人信不过自己的耳朵，正要再问，只听见大门已经"砰"的一声关上，里里外外在叫："不得了了！不得了了！强人足有三四十个！"

　　主人倒还沉得住气，道："不要自己慌了手脚。我们连家人带客人也有百十个人，快取兵器在手！——各位客人！女眷们快进里屋躲好了，其他人跟我来！"

　　话音未落，大门轰然倒下，强盗已经攻破大门，舞着大刀，凶神恶煞一般冲了进来。为首一个护院正要举刀迎敌，被盗首一刀挥作两段。众人见他杀得凶，谁敢上前送死，发声喊，丢下兵器，四散逃走了。主人眼看不敌，叫声"快跑"，丢下众人独个儿先跑了。

　　刚才扶了香倩进来的娘姨说："香倩姑娘，快走，进里房去躲一躲

吧。"

香倩不理她，反而提高声音道："你们哪位敢帮我的忙，我为大家当先锋。"话未说完，为首那个强盗已经抢到她跟前，将寒嗖嗖一把大刀顶住她的脖子，喝道："快说，你家主人上哪里去了？"

香倩纤手一翻，已将这强盗的那把刀夺在手里，上面夺刀，下面小脚一脚踢去，将这牯牛一般大小一个人踢得飞了起来，杀猪一般直飞屋顶。众强盗正在抢劫财物，听见声音有异，回过头来，哇哇大叫着，围住她要杀她。

香倩嘻的一笑，听风辨声，指南打北，一刀一个，准确异常，转眼间，三四十个强盗，已经被砍倒了十三四个。其余几个心里发慌，嘴里吆喝得响，两条腿已经在往后移。

客人中还有几个来不及逃出后门去的，原来躲在一边，看见一个瞎眼姑娘这般神勇，心里惭愧，也挺了刀出来帮她。这样一来二去，吴家的人多了，强盗一个个少下去，不到半个时辰，强盗不是被杀，就是被捉，竟连一个也没有逃脱的。

直到这时，主人才闻讯回来，连忙主持大事，吩咐将被捉的强盗送官，一面请官府验尸。

论功行赏，香倩是第一人。

主人问道："今天的事，如果没有香姑娘，真是不堪设想。财产被抢个精光不说，被杀的人一定远远不止护院一个。只是小可有一点想不通，还请香姑娘赐教。姑娘有这么一身好武艺，怎么反而在为人唱歌奏乐，干这等上不了台面的事？"

听到这里，香倩竟然哀哀哭了起来。众人亲眼见她刚才生死关头镇静自若，这阵子反而哭了起来，不免心里个个纳罕。

只听得香倩低声说："妾身出身武术世家，三岁不到已经学习武艺，到妾长到一十六岁，一般武艺已学全了。不料突然间来了一场瘟疫，妾家一家老小全死于非命。我一时没了亲人，天天恸哭，到底哭瞎了眼睛。妾身不想依仗武艺吃饭，因为从小在习武之余也学过些乐器，这才在这里混饭吃，让各位叔伯见笑了。"

主人道："今天的事，大恩不敢言谢，小可能帮点姑娘什么忙，还请姑娘吩咐。这份财产都是姑娘所赐，姑娘要什么尽管说就是。"

香倩说："主人既然这么说了，妾身也不客气了。眼瞎以后，妾身曾请教过高明的医生，据他们说，妾身这双眼睛是能治的，只是费用较大，主人若肯方便，能不能为妾身治上一治？"

主人只愁不能报答，听了这话，一口答应，立即请来一流好郎中为她医治。正因为香倩原不是天生的瞎子，不出三个月，眼睛就重见了光明，吴姓主人还出钱将香倩赎了出来，再不当歌伎。

这样，香倩不但成了自由身，而且反出落得更加漂亮了。许多有身份的公子哥儿，听说香倩这般急公好义，纷纷请了媒人前来说媒。吴姓主人拿香倩当亲女儿一般看待，为她拣了一门好亲事，替她办了喜事，还送了她一份丰厚的嫁妆。

香倩从此过上了好日子。大家都说这是好人自有好报。

抗倭英雄

明朝嘉靖年间，国力衰微，沿海一带乱成一团，日本的武士、浪人与海盗勾结一起，抢劫财物，杀人放火，坏事干尽干绝。这一带的老百姓灾难深重，吃足苦头，人称这批强盗为"倭寇"。

姚长子是山阴（即现在的绍兴）人，当时三十五六年纪，长得长身黝黑，颧骨高耸，粗手大脚。

嘉靖三十三年（公元1554年）秋，一队百把人的倭寇又来骚扰。他们从海里上岸，一路烧杀抢掠，侵入诸暨，由于地形生疏，一去二来，竟迷了路。

这天姚长子正在田地里垒草篷，耳边只听得村子里一片狼哭鬼嚎，有人尖着声音在喊："小鬼子进村了！快逃啊！在杀人呢！"

正在这时，路旁脚步声响，倭寇大队人马已到。姚长子心想躲避，已经为时过迟。

那边倭寇头子板桓叫了过来，话是不懂，但意思是听得出来的，即让他站住。

队长通过翻译道："本队长本该一刀杀了你，你若能为我们引路到舟山，我便饶你一命。"

"舟"与"州"同音，姚长子只道这批强盗还想到山阴附近的州山去残害百姓，心中大惊，心想州山地处偏僻，消息闭塞，我带了他们去，他们猝不及防，死伤必重，我便是丢了自己性命，也要保得这方百姓平安，主意已定，就道：

"去州山的路我是熟悉的，只要队长不再抢掠我村财物，我就带领你们去。"

倭寇队长已经迷路了三天，只怕被大队官军赶来剿灭，急于离开，现在找到一个谙熟道路的人，心中暗喜，即刻动身随姚长子去了。

　　姚长子早已打定主意，二话不说，即刻领了倭寇朝着与州山相反的方向而去。

　　此去五里有一个山谷，道路十分艰难，进了山谷有一片陷沙，当地人因为它的凶险，都称它为"化人滩"，一不小心，人就会遭没顶之灾。姚长子决定牺牲自己，也让这班强盗来个有去无回。

　　走不多久，这队倭寇已来到山谷附近，姚长子隐约看见树林中有几个人影，知道是当地百姓，就借口说要小解，钻进树林，用土话说道：

　　"各位兄弟别惊，我是西跨湖桥村的姚长子，被小鬼子逮住要我带他们上州山去杀人放火。现在我带了他们上化人滩去。请你们马上分两头去报告，一面让官兵快来化人滩；一面到州山去通知一声，让村里人及早做好准备。"

　　乡亲们立即分头去了。

　　姚长子出来，板桓凶相毕露，喝道："你刚才叽里咕噜的在与他们说什么？"

　　姚长子蓦地一惊，但他念头转得飞快，马上应对道："不瞒队长说，我们这儿风俗，凡在野外小解，怕一不小心污了山神爷爷，得罪他老人家，事先总要祷告一番，刚才我是在向他老人家祷告呢。"　板桓没有看见躲在树林里的人，听他说得在理，也就不再怀疑。

　　姚长子带了倭寇尽挑难走的路走，不一会已走进深山穷谷，只见两边危壁如削，壑底地气卑湿，森林插天，荆棘满地，一条羊肠仄径弯弯曲曲深不可测，地棘天荆，寸步难行。好不容易走进山谷，已走得这群强盗上气不接下气。姚长子是走惯山路的人，容不得他们喘气，一路上山下坡，转来弯去，终于来到了化人滩。

　　这化人滩方圆三百里，地面泥泞，到处是沼泽，四面被河包围，除了有南北两座大桥可供出入，再无别的出路。

　　板桓眼看这儿野草一片，到处水汪汪的，这才知道上了姚长子的大当。他咆哮如雷，拔出倭刀，要杀姚长子。

　　姚长子呵呵大笑道："队长大人，现在杀我已经迟了，你且看看，两座大桥还在老地方吗？"

　　板桓举目四望，果然，南北两桥已被拆断。原来刚才的乡亲早抄小路通知村民埋伏桥头，一等倭寇过去，立即偷偷拆桥，来个瓮中捉鳖。

　　这下可把这百十个倭寇吓了个膝盖酸软，连身子也站不直了。他们软硬兼施，定要姚长子喊话让老百姓为他们搭桥。

　　姚长子嘻嘻一笑，道："队长，你和翻译一起过来，我与你们讲个条件。若是你们同意，我就放你们一条生路。"

　　板桓大喜，带了翻译同姚长子一起来到离大队人马二十步远的地方。

　　姚长子笑嘻嘻地说："我早请人去叫了官兵来。如今我以一命换你们这一百多条命，已是千值万值——翻译先生，你就翻译给这个十恶不赦的狗强盗听吧。"

　　翻译涨红了脸，半晌说不出话来。板桓问姚长子在说些什么，翻译正要开口，姚长子猛地双手张开，一手一个挽住他们两人，脚下一使劲，"扑通"一声，三人齐齐跌进陷沙里去了。

　　站在不远处的倭寇吓得毛发直立，作声不得。眼睁睁看着三人边挣扎边缓缓陷入沼泽之中。约莫过了有半盏茶的工夫，已连头发也看不见了。

　　这化人滩中除了泥沙就是青草，既无东西可吃，又无干地可睡，稍一不慎，便要陷入流沙之中，众倭寇犹如一群没头苍蝇一般，乱作一团，再也出不来。

　　官兵来了个围而不攻，一直等到第四天上，才一举进攻，杀得他们一个不剩。

　　事后，乡亲们为了纪念抗倭英雄姚长子，特地在化人滩造了一个祠堂，立了一块"姚先烈纪念碑"，上面刻有姚长子的英勇事迹，并将化人滩改名为"绝倭涂"。

神　针

　　明代万历年间，秣陵地方霍氏家有个女儿名叫小鞶，聪明伶俐，通晓翰墨，而且，自幼跟母亲学绣，山水人物、鸟兽虫鱼以及花花草草，无不绣得栩栩如生，充满神韵，在秣陵很出名，被人们称之为"霍家才女"。

　　霍小鞶自幼爱洁成癖，对于绣房里嗡嗡乱飞的苍蝇，尤其厌恶，常常用绣花针来刺苍蝇，无奈苍蝇轻捷狡黠，飞来飞去，很难刺中。霍小鞶暗暗下定决心，勤加练习，不能让苍蝇逃过自己的手。可是如何练习呢？既不能投师学艺，又无法到处找人商量，只有自己设法。

　　她先在墙壁上画个拳头大小的圆圈，站在三步之外，将绣花针用力投出，等能刺中圆圈中心后，再缩小粉圈范围，拉开距离。就这样早也练，晚也练，三年下来，在数十步外用针刺豆，不偏不倚，从无闪失；再来刺苍蝇，则一针一个，没有不中的。这以后她的屋里，苍蝇绝迹。小鞶朝夕仍勤加练习，功力精进，究竟到了什么程度，连她自己也弄不清楚。

　　有一天傍晚时分，霍小鞶正与堂姐小蕙在花园聊天，忽然看见一只彩蝶撞入蛛网，网中的黑蜘蛛正爬向彩蝶，准备捉而噬之。堂姐"哦"了一声，嘱咐婢女快点过去用竹竿挑破蛛网，来帮助重危的彩蝶。小鞶哑然失笑道："你要救这蝴蝶，小妹一挥手可矣。"

　　说着，小鞶就从髻上拔下一根银针，信手遥掷，"飕"的一声，蛛腹中针下坠，蝴蝶乘势得脱，飞舞而去。

　　小蕙惊问："妹子何来此奇技啊？"

　　小鞶笑眯眯地答说："不过是信手一掷，侥幸罢了。"小蕙疑信参半，又无从追查。霍小鞶的针刺绝技，仍不为外人所知。

　　有一年，夏秋之间暴雨倾盆，江河的水位暴涨，田地庄稼全都被雨水淹毙，全无收成。秣陵一带到处都是灾民，于是盗贼乘机兴风作浪，四处抢掠。经过一再的考虑，霍氏全家遂收拾细软，乘船前往湖州姨家逃避荒

年。

舟行数周平静无事。一天傍晚，泊舟江渚，入夜昏黑一片。二更时分，一支响箭划破岑寂，刹那间芦苇丛中蹿出十几条汉子，燃亮了火把，手执明晃晃的刀剑，来势汹汹地围拢来。

霍氏一家惊慌失措，不知如何是好。

群盗毫无顾忌地登舟而上，想大肆抢掠一番。为首的一人正要入舱，忽然大叫一声，扑倒在船板上，呼痛不止。众盗手执火炬一看，只见他左眼有血渗出，一支长约寸许的银针，深插在眼珠上。大家搞不清楚此针究竟从何而来，正要破门而入，突然又是"飕"的一声，前头的那个人一只眼睛又被刺中。大伙儿不明就里，疯狂般地一拥而上，企图以多取胜。孰料，"飕飕飕"的一阵响声，只见群盗双手捂着面颊，一个个痛彻心肺地哀号不已，人数虽多，终未能越雷池一步。

众盗这才知道船舱里有奇人，因而面面相觑，不敢再行进迫，垂头丧气地互相搀扶着落荒而逃。这时候霍家老小全都藏伏在舱底，屏息禁声，瑟缩一团。小鞶见状，不禁为之失笑。

听见舱面复归平静，霍母悄声问道："盗贼走了吗？"小鞶出舱遥望，只见众盗已趋向芦苇丛中，盗魁殿后，频频回头张望。他见船头仅一少女，殊出意料之外，急忙召集属下返回。眼看众盗又从四面八方扑来，小鞶指针笑道："你们这一群愚顽的家伙，想作困兽之斗吗？今先刺你们老大的手腕，以此为戒！"

只见小鞶轻扬皓腕，一针快速飞出，盗魁"哇"的一声，粗黑的手臂，已为银针射穿；小鞶更拉高了嗓门道："若不速退，下一枚银针就要洞穿你们老大的头颅了。"盗魁失魂落魄地挥手令大家撤退，自己却越想越不甘心，于是悄悄地跃入水中，企图潜泳至船边，出其不意一把将此柔弱的少女拖入水中，只要能够纠缠到一起，制服此一弱女子，易如反掌。

盗魁的如意算盘并没有得逞，当他潜水至船边，拼命往上一冲时，小鞶急忙连发数针，皆中盗魁要害，遂一声不响地沉入水底，迅即不见踪影。剩余的盗匪骇惧非常，悉作鸟兽散去。

下弦月已经冉冉升起，水面上又恢复了明月流光倾泻一般的情景，霍家老小钻出船舱默宣佛号，以为是高人援手乃得化险为夷，小鞶忸怩道："荒江野渚，哪来高人，都是女儿一人击退众盗。"

　　霍父骇怪，这么一个荏弱女儿，怎么能击败手执利刃的十余条杀人不眨眼的亡命之徒。小鼙笑拈银针说："我虽未习武技，然自幼年起即好弄绣针，囊中每藏数百针，以备不时击刺虫鸟之属，今竟派上用场，不想乃能击退众盗，真是托天之幸。"

　　从此亲戚朋友皆知晓霍家小鼙有此绝技，再经过众盗的传扬，"神针"之名不胫而走。

　　后来霍小鼙嫁给芜湖黄氏，其夫黄云山雅好奇石。某年秋天，他们夫妇两人畅游黄山胜境，采得若干奇石，沉甸甸地装满背囊。途中为歹人觊觎，以为是金银之物，于是一路跟踪，在荒僻之处，只听得呼啸一声，数十人挟短刃而出，大喝道："留下背囊，饶你性命！"小鼙若无其事地挽其夫径自前行，一骁勇者纵身一跃挡住了去路，余众将两人团团围住，只见此女神色镇定，并不慌不忙地探囊取物，迅即旋转一圈，一霎时银针四射，众匪无一幸免，大呼："神针霍小鼙也，再不快逃，性命难保！"于是火速相率离去，真如丧家之犬也。

怪 老 头

明朝万历年间，福建泉州有户姓翁的人家，世代经商，家里很有几个钱。传到翁云昌手上，那几个子孙穷奢极欲，不务正业，做爹的见长此以往定要家道中落，就出钱捐了官，让儿子做做。儿子名叫翁天伦，他来浙江做官之后，别的不会，刮地皮却是拿手，不出几年竟然刮了十万两银子。

翁天伦想回家乡向老子去显显能，就派了儿子翁小福押着十万银两，又派十个会武的公差护送，兴冲冲地上福建去了。

走到温州一带，头上太阳酷热，翁小福是个娇生惯养的公子哥儿，经不起晒，连叫找个地方歇脚，见前面有个林子，便下马一屁股坐在地上，再起不来。

突然间，一阵"得得得"声，一个小老头骑着匹小叫驴摇头甩尾的来了。

走近时才看清，只见这老儿精瘦骨立，脸色蜡黄，看上去龙钟猥琐，骨头没几两重。身下那头叫驴跟它主人不相上下，又瘦又小，像能让人一只手提得起来似的。偏生脖子底下还要晃着一个铜铃，当啷当啷的，显得不伦不类。

翁小福只当他是一个昏老儿，也没放在心上。

那老儿见有人在林子里歇脚，也就远远地下了驴，坐在一棵树下。

过了好一阵，翁小福重又上路；那老头见他们起程，也翻身上了驴子，一路上不紧不慢地跟在后面。他们走快，他也走快；他们走慢，他也走慢。前后也只百十丈路。

翁小福被他跟得不耐烦起来，对身边的公差道："莫非这老东西看上了咱们这银子了？"

公差笑道："公子放心就是。一米这老儿绝对做不了强盗；二来即

便这老儿真的来抢，小的们别的人不敢说，像这种半只脚进了棺材的老家伙，来个百十个还是能打发的。"

这样约莫又走了几十里，眼看要到福建境界，只见那老儿加紧几步赶了上来，身在驴上，拱手问讯道：

"请问一声，这位可是翁小福翁公子？"

翁小福瞟他一眼道："正是在下，老先生有何贵干？"

那老儿道："小老贵干倒也没有什么，就是一时手头有些紧，想借翁公子的几两银子用用。为着一时不知是不是公子，这才跟了半天，实在失礼了。"

翁小福道："你是真的穷疯了，你想借，还是凭着你几根老骨头想抢？"

那老儿道："若是公子通情达理，小老就借。若是公子不肯赏脸，那说不得，只好抢了。"

翁小福见他只是一个干瘪老儿，左右再没有人，自己手下足有十个人，哪里将他放在眼里，一心想揶揄他，就说："若是本公子通情达理，你怎么个借法？"

那老头一本正经道："若是通情达理，小老就出张借条，借银十万两，借期一百零八年，利息是不能付的，到期了能还即还，万一还不了就只好算是翁公子随缘乐助。"

翁小福心里大怒，但嘴里还是问下去："若是本公子不肯赏脸呢？"

"不肯赏脸，那小老只好来硬的了，到时候还请公子莫怪。"

翁小福左右一看，不见另外有人，道："就凭你独个？"

那老儿嘻嘻一笑道："你也不用东张西望，抢区区十万两银子还得几个人？当然就小老儿独个。"

说着突然怪笑两声，"噗"的跳下驴子，冲上前来，"簌簌"两下，将几个脚夫掀翻在地，一手捞起他们手中的缰绳，牵了马别过头就走。

这一串兔起鹘落，手法之快，让人连看都来不及看。

那几个公差起先都笑嘻嘻地看热闹，没一个防备，等到见了这情景，这才纷纷吆喝，拔出刀剑冲上去争夺。

不料前面几个还没走到他的面前，已经被他一甩皮鞭，绊住脚跟，纷纷摔倒在地。

等他们爬起身来，那老头已经走出几十丈开外。

翁小福大叫："快追，快追！别让他跑了！"

那老儿道："你们这些奴才，翁家的钱财全是搜刮来的，我收了去还给百姓。你们若再苦苦追我，看来不让你们吃点苦头，是不知道小老的厉害。看弹！"

说着，他倒骑了驴子，拉开弹弓，"噼噼啪啪"一阵弹子如雨一般打将过来。

几个公差不知厉害，冲得急了，个个中弹，倒在地上，再也起不来了。

那弹子打得十分蹊跷，每人只中一弹，偏偏中的都是穴道，只觉得浑身麻木，动弹不得。

那翁小福早吓得一头倒在地上，昏了过去。

等他们醒来，别说是银子，就连个影子也早见不着了。

一举两得

　　明朝末年，广东沿海一带盗风甚炽。皇上三令五申，就是奈何他们不得。后来皇上光火了，说再捉不住强盗压不下盗风，要重重惩办当地官员。

　　新会县令急中生智，来了个连坐法：族里有人犯案，族里人就得群起抓他，否则要将这一族人个个判罪。

　　当时有个名叫李通的大盗，一直为非作歹，官府捉他不得，就下令限族人半年之内将他提到，要不就全族连坐处罚。

　　族里人上怕得罪官府，下怕得罪强盗，左也不是，右也不是，到底被一个头脑活络的族人李恩之想出一个对付的办法来。

　　他们听说附近也有一个姓李名通的人，就一把扭住了他，将他送入官府。

　　那知县姓费，名叫去病。他明明知道其中有诈，只是为了保自己的饭碗和脑袋，将错就错，将李通抓来，先不问他，将他饿了个半死，然后又重重一顿板子打下来，逼他承认自己就是那个作恶多端的大盗李通。

　　这个假大盗已经半死，心想这样受罪，迟早是个死，不如买个痛快，一口承认下来，于是就这样稀里糊涂地成了刀下之鬼。

　　费去病和李家族人皆大欢喜，只苦了这个死鬼李通一家。

　　再说李通一家就留下一个寡妻和一个小儿子，再有就是一个名叫李朔的弟弟。

　　李朔当时年仅十八，长得瘦小。

　　他对嫂子道："嫂子，我家这个冤枉可吃得大了。小弟这辈子誓报此仇，但这不是一天两天的事。这里乌烟瘴气，已经待不下去了，何况人人眼睛盯着我们，有个风吹草动，就会找我们的麻烦，我们还是先搬家再说。"

嫂子听后认为没错，当夜带了儿子，同小叔一起逃到肇庆去了。

李朔来到肇庆，一面摆小摊度日，一面苦练轻功。

当地有个老镖头，年轻时轻功卓绝，教了李朔一个方法：让他天天脚里绑上铅块，然后不断加重。

李朔除了摆摊之外，将一切闲时间花在练功上。他去屋后挖了一个深坑，自己绑上铅块，跳进跃出，一天里总要跳它个几百上千次。然后慢慢儿加重铅块。四年苦功夫下来，已能做到一跃上屋，日行六百里。虽然于宋朝时的神行太保戴宗尚有距离，但也着实惊人。

这天李朔打听到肇庆县太爷的老娘第二天一早要来白马寺烧香，觉得机会已到，可以放手报仇了。

这天等天色黑下来，他收拾停当，带了一把小型朴刀，飞步向新会赶去。

新会离肇庆足有三百里，子夜光景，已经到达。

他来到害死他哥的李恩之家，在他房门上"咚咚"叩门。

那地主见叩得急，只道是他家的仆人有什么急事要报，骂道："有什么事由，深更半夜的？"

李朔压低声音含糊道："老爷不好，那李通家……"

那家伙听得"李通"二字，心里就虚，忙不迭开了门，李朔看得真切，也不多说，一刀搠个当胸，血流如注，立马见阎王去了。

李朔丢下刀，一跃上了屋，如飞走了。

他的轻功着实了得，赶回肇庆天才蒙蒙亮。他马不停蹄，拿起早一天收拾好了的线香蜡烛，先到白马寺门口当门占了一个位置。

他的消息果然没错，才过了一会儿，脚步杂沓，几个轿夫抬了一顶大轿来了。

轿到寺门口，下了轿，一个老夫人手捧香蜡，恭恭敬敬走在前头。

李朔早已计算好了的，待老夫人走到他摊位前，故意一下撞倒了自己的香摊，"哗啦啦"一声，香蜡砸了一地。

他大叫一声："哪来的荖老太婆？快赔我的香蜡！"

他一个箭步上前，一把劈胸揪住她不放。

几个跟来的下人大声喝道："什么人胆大包天，这么无礼，这可是县太爷的太夫人！还不快快放手！"

李朔道："什么太夫人，小夫人，这种夫人我见多了。今天撞翻了我的摊位，便是玉皇大帝亲自来了也得赔我！"

众仆人全是仗势欺人惯了的，如何容得他？加上这时抓人正好讨好知县大人，于是一把将李朔扭了，拳打脚踢送他上衙门来了。县官还没起床，先将他投入大牢再说。

这边李恩之家死了人，连夜报了官，肇庆县官取来刀子一看，上面刻有"李朔"二字。他知道李通之弟名叫李朔，立即派人上肇庆去捉人。

差人到了肇庆，已是第三天的事。李朔这时早已关进牢里。

新会差人先去报告当地县官，得知李朔在牢中，心中大疑，说道："这人是两天前的夜里杀的，这厮这天一早却在这里犯事，两县相去三百里，他就是会飞也没这般快。莫不是其中有误？"

李朔道："你们说刀上的名字叫'李朔'，一来杀人的人岂肯将真名字告诉给人，授人以把柄？二来这种冤枉事常有，我哥哥李通就是被人冤枉死的。"

这案子报上去后，不但洗脱了李朔的罪名；连他的哥哥的罪也洗清了，新会县令因为草菅人命，被革职查办。

李朔真可谓一举两得。

讨 饭 侠

讲究义气，敢于冒险助人的人，就叫做侠；至于说会不会武，那就在其次了。明朝末年，浙江南浔地方就出过一位侠客，不知姓甚名谁，又以讨饭为生，只好称他"讨饭侠"了。

且说这年南浔镇镇西的大石桥上出了桩怪事，不知什么原因，时不时的死人。不仅大活人要死，就是飞禽走兽、家禽家畜，只要胆敢过桥，立即倒地送命。多的一天，一口气死了五个人、三头牛和七条狗。一时间倒得桥上横七竖八，到处都是死尸。只吓得当地百姓人心惶惶，再不敢走近大石桥。然而这桥原是当地的交通要道，不走就要绕七八十来里路，弄得附近人心里又是害怕又是烦恼。

有人说这是桥下有个溺死鬼在作祟，也有人说这是瘟疫鬼作的孽。不论怎么说，总之这桥是走不得了。

正在这时，一个以乞讨为生的老者正好路过这里，他见众人远远地站着议论，就上前道："各位大爷有所不知，其实这不是什么溺死鬼和瘟疫鬼，只是一条竹叶青蛇在作怪罢了。"

众人回过头来，只见这人弓身屈背，拖着一双鞋，蓬头垢脸，看上去骨头没三两重。原来是一个老乞丐。

人群内有个名叫孟镛的说道："你这老儿如果说是别的什么蛇，我们倒也有三分相信，偏生说是竹叶青。你只道我们全是三岁的孩子，任你骗的？竹叶青虽然毒，却是毒在它的嘴里，路过人没见到蛇，更没让蛇咬上，怎么会死人？"

这乞儿道："大爷是只知其一，不知其二。咱们日常说的竹叶青，不是真的竹叶青；真的竹叶青会飞，其毒无比。眼下桥下的那条正是货真价实的竹叶青，才有这般毒性。这类蛇不用咬人，人闻到它的毒气就死。"

众人道："既然是这般毒的毒蛇，老爷子能不能为民除害？"

这老乞丐摇摇头道："要我这般赤手空拳捉，我是做不到。要除它，我得千里迢迢地上东北去捉一种名叫黄鳝蛇的毒蛇来，以毒制毒，各位如果信得过我，就赐我五两银子的路费，我才能快去快回。"

孟镛呵呵冷笑道："如果你拿了这五两银子远走高飞了，我们找谁去？"

老乞儿生气道："这位官人，不是我老儿说一句，捉蛇这事儿，是冒着生命危险的事，你如果信不过我，我自然无话可说。这蛇，我还是会来捉的，不过得让我讨了饭去讨了饭回来，少说也得三年两年。此蛇不除，这里的百姓不好过桥，诸多不便。既然大家不肯出钱，我只好自己讨饭去捉。"

众人见他言之凿凿，态度又光明磊落，咬咬牙，大家凑了五两银子给他，让他快去快回。

一个月后，这乞儿没见回来。孟镛道："我是说这老小子是个骗子，大家不信，现在如何？"

又过了一个多月，这个老乞丐回来了，说道："不瞒各位，这次去东北捉蛇，颇不顺利。我原想捉条大的来，搜了个把月，到底没有找到，只好捉了条小一号的，也不知制不制得住这个孽畜？"

接着，他向当地居民讨了百把条旧烟管和一身旧棉衣裤。他将这些烟管一一劈开了，刮下其中烟油，大热天，穿上棉衣裤，然后浑身上下涂上了烟油。

他让大家远远走开，各自关好门户，切勿出来。

众人见他说得严重，立即照办了；只有孟镛，不但不听，反而躲在离桥不远的一间破屋后偷看。

这老乞儿见一切安排就绪，就去罐里放出那条花了他九牛二虎之力捉来的黄鳝蛇，将它搁在大桥之上。

这蛇足有酒盅般粗细，长尺余，头似雄鸡，冠正赤，身黄，赤斑。它盘屈为一团，张口吐信，两腮一收一鼓。远远看去，鳞甲森然，眼射金光，煞是怕人。

这蛇放下不到一盏茶工夫，只听见空中一声响，一条小小青蛇，"簌"地一下从桥下什么地方飞了出来，直奔黄鳝蛇，一口咬住黄鳝蛇的脑袋不放。

马上，两条蛇翻翻滚滚斗了起来。

从体重上来说，黄鳝蛇是占了不少便宜，但是竹叶青剧毒无比，不到半顿饭工夫，黄鳝蛇渐渐儿再难支持。

这老乞丐原来是躲在一边观战，见到这个情景，连忙取出那根涂满了烟油的竹梢挺身上去，趁竹叶青顾己不暇，在它身上"刷刷刷"连抽三鞭。

那条竹叶青正胜利在望，突然背后遭到老乞丐的袭击，如何不怒？松口放下黄鳝蛇，飞起身来追赶乞丐。直吓得老乞丐一下倒在地上，缩成一团，双手护脸，再不敢动弹。

那青蛇正要对老乞丐下毒手，幸亏黄鳝蛇随后赶来，一口咬住竹叶青后脑，再不松口。半天后，两蛇才齐齐死在桥脚下。

众人见死了蛇，都想开门出来，乞丐连连摇手，自己挣扎起来，已是浑身浮肿，连忙吞下了自制的蛇药。好一会，又将两条死蛇收进罐里，封上罐口，再取出药来在地上撒了。从此，这大桥才又能过人了。

众人感恩不尽，送了乞丐不少钱财，还为这老乞丐起了个庙，塑了他的人像来纪念他呢。

只有孟镛这家伙不听老人的话，私自躲在一边偷看，以致死于非命。等人们找到他时，他早已全身浮肿，僵硬多时了。

除 王 昌

清朝顺治年间，李时茂被朝廷派去到永年县担任县令。

李时茂是辽东人，人长得黑瘦精悍。他自幼习武学文，能左右开弓，驰马如飞，只是一般人只知道他是个文人而已。

这年他接到委命后准备出发，出发前，他叫来了心腹家人李福，说道："李福，我有点事要你去办一办。你休怕辛苦。"

李福道："老爷吩咐就是。只要我李福胜任，甘愿赴汤蹈火，我李福决不会让老爷脸上抹黑！"

李时茂道："也不让你去水里火里，我是要你在我到永年之前先去探听一下，摸一摸当地的情况。这样我未到那里就心里有数了。"

李福奉命去了。

李时茂上路后，故意磨磨蹭蹭地走，其实是等着李福回来。

果然，离永年还有一百二十里，李福已经迎了上来。李时茂忙将他叫到自己房里问他。

李福说，当地其他尚可，只是有个恶霸甚是棘手。这恶霸姓王名昌，原是无赖出身，年轻时曾随江湖大盗张甫到处打家劫舍，欠下无数人命。招安后在当地任个小官。这厮武艺高强，手段巧妙，专门勾结上上下下，干些罪恶勾当，称得上是无恶不作，眼下已成气候，几届县令，都奈何他不得，只好听之任之，有的甚至干脆与他同流合污。

李时茂紧皱眉头，好半晌才说："你说他武艺高强，到底怎么个高强法？你可打听过没有？"

李福道："回老爷的话，小的若是没打听来，哪还算什么是老爷的人？这厮有一柄槊，净重三十五斤，据说使得十分娴熟；通常胯下骑一匹灰马，这马能日行五百，甚是了得。有这两件在身，一般三五十个人近他不得。"

李时茂道："我知道了，这话出自你口，进入我耳，再不许让外人知晓！"

李福连声答应，退下去休息了。

李时茂怕李福一个人道听途说有误，又派了两个得力下人再去打听核实。不日回来报告，李福的话句句是实。

且说李时茂到了当地，当地官员名门全来迎接。王昌要拉拢新到的县令，更是装得分外亲热。

李时茂这时已经胸有成竹，他见王昌长得高大结实，双眉斜飞，神色剽悍，果非善良之辈，就趁势一把拉住他的手，道：

"久仰，久仰，本县还未来到永年，已听人说王大人是本地一雄，为本地出力不少。本县初来乍到，还有许多不明之处，务请王大人多多关照。"

王昌受宠若惊，连连拱手，道："李大人快别这么说，折煞下属。"

李时茂将他拉过一边，低声道："不知王大人今天是否得便，请来本府上小酌，本县还有一些小事请教，也不知王大人肯不肯赏光？"

王昌只道是县令久闻他的威名，怕了他，着意交结，喜得脸也红了，马上乐呵呵地答应下来。

就在这天傍晚时光，王昌带了三五十个从人，随身带了铁槊，骑了灰马，兴冲冲地早早来到县府。

只见大门开处，李时茂亲自出来迎接。王昌大喜，急忙将铁槊递给了亲信，行礼后，与新县令步入内厅。

进入内厅，两人寒暄几句，李时茂坐了主位，让王昌坐了客位。

一声吩咐下去，酒菜流水一般搬将上来。

李时茂吩咐李福另桌好生招待王大人的从人，并嘱咐好好儿为灰马加料。李福心领神会，一面牵马，一面假装搬桌，顺手将那根三十五斤的铁槊抬进偏屋去了。

王昌正在与李时茂相互敬酒，猛的听见身后轻响。他毕竟是大盗出身，为人机灵，忙回头看，只见大门已经关上，心知大事不妙，一跳离座，去寻铁槊。不料铁槊早已不见。

他大吼一声，抄起一把椅子来斗。李时茂也退后一步，急忙拔剑。谁知剑身过长，不及拔出，那椅子已经飞来，忙一闪闪过了，随即抢上一

步，一手抓去。王昌急切间抓不到武器，也只好徒手相搏，于是两人拳来脚往，乒乒乓乓，斗得甚是激烈。

这时李福早已领了众人绑完了王昌的从人，手执刀枪扑了出来，见两人斗成一团，一时下不了手。他见王昌长得高大，自己的主人矮小，怕斗久了主人吃亏，索性丢下武器，一滚滚倒在地，几滚近身去，一把抱住王昌的大腿，死不放人。

就这么一抱，众人已经近身，一哄而上，七手八脚将王昌打倒在地。

王昌原还可以打斗一时，只因一来自己不防，心里不免浮躁；二来屋小施展不开，他又是个擅长马上功夫的人，虽然力大，毕竟双拳难敌众手。

第二天消息传来，众多被王昌害苦了的百姓纷纷跪在衙门面前诉苦告状。于是李时茂就整理了他的种种罪状，立即斩了王昌，然后再向上级报告。

有人私下问李时茂："大人这样先斩后奏，不怕上面怪罪吗？"

李时茂道："这厮作恶多端，上下勾结，不杀他一个出其不意，夜长梦多，怕半年六个月拾掇不下来呢。"

丢失玉龟

清朝康熙年间，有个苏州人，姓汪名山樵。这人四十多岁年纪，头顶光秃，虽然为官，平生却爱穿团花锦缎长袍，面团团的模样儿像个十足的土财主。这家伙百无一能，就是擅长拍马。若是他的上司说西山煤是白的，他老人家断不肯说灰的；上司说太阳从西边儿出来，他老人家也断不肯说从西南犄角儿出来。为着这一特技，到底被他赚得一个陕西兴平县的县令当当。

这人为着要向上司拍马，少不得要向百姓搜刮，所以自从他来到兴平以后，不出一年，百姓人人瘦了一圈，天已高了一尺（地被刮低一尺的缘故）。也就因为他善于搜刮，竟然被他弄到了一件宝物——一只玉龟。

说起玉龟，确是一件宝贝。这玉龟长约一寸三四，宽仅寸许，全身不是太白，微微带些紫红，双眼漆黑两点，自然生成，背上肚下，斑甲分明。最奇的是这龟每到黄昏时节，总能预报天气；若是摸上去干净光滑的，明天准好天气；若是水漤漤的，明天一定非雨即雾。因此汪山樵天天佩在腰间，早看晚摸，宝贝的不得了，打算靠它为自己换来一个锦绣前程。

这天公差来报，乡下死了一个地主，说是被人谋杀。人命关天，少不得要汪山樵亲自出马去验尸。

没奈何，汪山樵只好劳师动众地坐了大车下乡。

到了当地早近中午，等忤作验好了尸，已是天近黄昏，要再赶路回去已是不能。不得不在这里过夜。

汪山樵嫌这户人家死了人不吉利，另外找了一户有钱人家落脚。那家地主知道得罪不起，只好尽力巴结，收拾了一间好房给他睡。

且说汪山樵这天一早出的门，一路虽然不用自己走路，毕竟车上马上颠颠簸簸，等到上床，已是四肢乏力，神思恍惚，头一着枕马上呼呼入

睡。

睡到半夜子时，不知怎么一来，他觉得有一个人在推他，懵懵懂懂中，只见床头站着一个男人。开始时他只道是仆人，正想张口骂人，窗口映入的月光下一照，发现这人原来是个陌生人。

这人身穿绯红色古装，面貌清秀，看上去年岁不会太大。

只见他双手一拱，细声慢气道："尊驾可是汪山樵汪大人？"

汪山樵想不出他要干什么，仗着自己做官的三分官气，喝道："你……你是什么人？深更半夜偷入卧室，想干什么？"

说着坐了起来要叫人。

这人一把抓住他，轻轻将他放倒在床上。这轻轻一抓，那手劲犹如铁箍一般，就差一点没将他的那只右手抓碎了，只是嘴里却说得好：

"大人不必多心，在下只是有点小事与大人商榷。"

汪山樵被他这一抓抓得痛入骨髓，早就丢了半条命，知道再说话怕连性命都要难保，只好闷不作声。

那人放开手，恭恭敬敬打了一个拱，慢条斯理道："在下唐朝张宗昌，当时曾蒙则天皇帝恩宠，赠给玉龟一只。那年在下死后，我那没出息的子孙竟将这龟变卖给了外人，让在下在地下不得安生，为此寻寻觅觅，也不知花了在下多少心血。如今无意发现大人收着，实在欣喜万分，还望赐还，让物归原主。在下感谢不尽。"

说完了，也不与他客气，自己动手，老实不客气地从他的腰带上摘下玉龟，拱了拱手，一阵轻风过去，那人已经出了窗子。临走前还朝他脸上招了招手。

汪山樵经他一招手，不由神智迷糊，昏昏沉沉地一觉睡到天亮。

第二天他记起昨天夜里的那件怪事，醒来第一件事连忙摸他的玉龟，一摸之下，哪里还在？闭眼一想，那个自称张宗昌的人的声容笑貌还历历在目。

玉龟是他的前途，玉龟是他的性命，这一失去，真像摘了他的心肝，他起先还怕是自己做了个梦，上天入地的四下寻找，半天后才知道这不是梦，直气得他一连三天滴水不进，直挺挺躺了三天。

当地人都道汪大人下乡验尸辛苦，得了病，以致三天茶水不进。

三天后，城里一个与他交情非同一般的幕府特地来接他进城养病，路

上汪山樵忍不住才将这事告诉了他。

这幕府是个久住当地的老资格，听了这话，道："大人有所不知，咱们陕西这一带，别的能人不多，多的就是强盗。这些个人抢官不抢民，劫富不劫贫，平日里专门打听谁家有什么宝贝。他们飞檐走壁如履平地，进了屋先用迷药一撒，任你神仙菩萨也都被弄个半睡半醒，然后胡乱编个故事，让失主在半信半疑中丢了东西也不去报案。大人遇到的怕正是这档子人吧。"

汪山樵道："这些贼子如此可恶，本官定然叫捕快着力抓他几个，好歹让他们还我玉龟。"

这幕府沉吟道："大人，不是小的多嘴，这事还望大人三思而行。如果是一般小蟊贼，大人要抓多少自当请便，但是如果要抓这类飞贼，一来捕快力有不逮，花个三年五载也未必能抓到一个半个；二来万一惹恼了他们，只怕大人自身也难保，多有不便。"

汪山樵听了这话，怅然若失，半晌作声不得，从此只好算自己这辈子从来就没有过这只玉龟。

雍正头失踪

清朝雍正十三年（公元1735年），也就是雍正当上皇帝的第十三个年头。雍正在位期间，虽有重大政绩，但他屠戮功臣，不论是臣子百姓，只要对他稍有不从，动不动就满门抄斩，流放充奴，可以说，他的皇位正是用别人的鲜血铸就的。

因此，他自己也知道，他的仇人如林，他的残忍迟早会受到报复。

到了五十岁上，他已深切地感受到了这一点。

他一面加紧实施特务统治，加强对自己的护卫，一面又装模作样地把自己打扮成一个武艺高强、身怀异术的武林高手。

这天，雍正到天坛祭祀，刚刚下车，突然听见坛顶上一声响。

他身边的侍从卫士只道来了刺客，"刷"的一下护住了雍正的前后左右，七八十来个人，将他围得个水泄不通。

惟有雍正镇定自若，只说了句："斗胆蠢贼，看朕不收拾你！"

他的右手朝空中一扬。众侍卫乱糟糟的，也没看清他使了什么法术。

与此同时，"呱"的一声，顶篷裂开，一只狐狸血淋淋地从上面掉了下来，"啪"的一声，鲜血四溅，一个脑袋已骨碌碌滚了开来。

众大臣及侍卫见皇上一举手之间，便将这只狐狸身首异处，无不佩服得五体投地，连连磕头，高呼万岁。

此后，雍正身怀剑术、能飞剑取人首级的传闻，益发传得沸沸扬扬，神乎其神。

说穿了这只是雍正施的一个小魔术：他事先叫一个轻功最好的侍卫捉一只狐狸，偷偷搁在顶篷之内，待皇帝驾到，那侍卫故意弄出一声声响来，并在雍正装腔作势拿手一扬之机，顺势一刀砍下狐狸的脑袋将它扔下。

两人配合得丝丝入扣，不由得众人不相信。

其实，这种虚张声势，也正是雍正害怕仇人报仇的一种怯懦的表现。

七年前，雍正曾下令将吕留良一家满门抄斩，不料漏杀了寄养在外的孙女吕四娘。

七年后，她已练了一身好武功，进京来报仇。

这天，吕四娘来到京城，先找了一家安静的客栈住下，每天白天睡觉，黑夜进出皇宫刺探。

她这时的轻功已登峰造极，来如青烟，去似微风，几夜之间被她摸清了雍正的行宫住处。

八月二十三日亥时，吕四娘身藏匕首，躲在一棵百年古柏之上，见一个太监提着盏灯笼走在前头，五个宫女缓缓跟在后头。她轻轻跃下柏树，取出迷香手帕，跟上一步，将手帕一按按在最后一名宫女口鼻之上。这个宫女应声昏倒。

吕四娘顺手一提提在树背后，扒下她的外衣，三下两下穿上了，然后，几个纵跳追上她们。

这五个宫女正是被派到乾元宫服侍雍正去的。

这天活该雍正命绝。他见吕四娘长得明艳秀丽，心里欢喜，就将她叫进内室侍候，打发另外四个宫女远远站在外面。

吕四娘怕他会觉得自己面生生疑，一直不敢抬头；雍正只道她是年轻害羞，也没在意。

当他正转身要拉她时，突然，他感到背心上被人一脚踢中。这一脚狠辣异常，直踢得他五脏六腑犹如倒转一般，只觉得两边太阳穴直冒金星，疼痛彻骨，人滚倒在地，口里竟然丝毫叫不出声来。

吕四娘顺手一提将他提上御床。

雍正睁开眼睛一看，只见她柳眉倒竖，凤眼圆睁，目光中好似能喷出火来。

她压低声音喝道："雍正老贼，叫你死了也做个明白鬼。姑娘行不改姓，坐不更名，吕留良孙女吕四娘的便是。今天特地来取你的狗头，为我一家报仇，为死难的百姓报仇！"

雍正被她踢中穴道，周身骨节奇痛异常，心头好似有千万条毒虫在钻咬，汗珠滚滚而下，半点动弹不得。

吕四娘原还想再叫他受些苦楚，怕夜长梦多误了大事，"霍"地

取出匕首来，撕开他上衣，兜胸一剜先挖出了雍正的心，然后一刀割下脑袋，收进革囊之中，悄悄开了后窗，一跃上了屋顶，一阵风似的飘走了。

乾元宫外虽然站满了侍卫，竟没有一个知觉。

乾隆即位后，暗地里派人四处搜寻，再无半点消息，只好铸了一个金脑袋，替雍正安上，葬入泰陵地宫了事。

侠士项恭

清朝雍正年间，湖北宜都有个侠士，名叫项恭。项恭小时候以卖菜为业，经常将菜担寄放在寺中，然后跑着回家，再回来去卖菜。和尚们奇怪了，就问他去干什么？他说是先买一个饼回家给妈吃。这寺中有个和尚，法名一凡，是个得道高僧，一身武功登峰造极。一凡见项恭一片孝心，且为人忠厚、谦逊，就传授他武艺。

项恭有个表舅，做了大官回来。项恭同他娘一起去见他。

这天，项恭陪着娘到表舅家，见有一人正东张西望地在门口徘徊，还不时地往舅舅家望上几眼。

项恭问表舅道："门口有一个人正贼头贼脑地张望，不知表舅可认识？"

表舅道："什么人会在门口，也不进来？"说着来到门前一瞧，并不认识。

项恭道："表舅，此人面带凶气，恐怕非善良之辈，可能是来做眼线的。"

表舅大急道："甥儿救我一救，想你跟一凡法师学得一身功夫，现既看出他是眼线，定有办法对付。"

项恭原想不管，禁不住他娘的吩咐，只好答应。"不过，一切都必须依我吩咐办。"项恭道："我受一凡法师训诫，不得妄开杀戒，故而我不愿与此伙盗贼结下深仇，只把他们打发走便是。"

当下，项恭叫表舅备下白银一千两，酒菜两桌，备好茶水。这天晚上，由项恭一人在客厅等候。

当夜子时，只听得脚步声响，从围墙外"嗖嗖"跳进十几个人，直奔前厅而来。

项恭一见，打个拱道："各位好汉请了，小弟项恭久候多时。想必各位肚子已饿了，且坐下来喝杯水酒。礼数不周，还望见谅。"

说罢，手执一把纸扇，轻轻一挥，托起三杯酒就势往前一送，三杯酒品字形散开向为首的三个强人飞去。那三人连忙伸手接住，脸不觉微微一红。

要知道项恭刚才露了一手，双方已过了一招。就这一招间，已然使那三个强人气馁了不少。把酒抛起来，且滴酒不洒，这份功夫可不是轻易做得到。三人接酒而洒了酒是很丢脸的。

那三个人中为首的一人道："项大侠，不知有何见教？"

项恭道："见教不敢，小弟只是想与各位交个朋友，放我表舅一马。"

那人道："你表舅原算不上是贪官，我们也不要他性命，只是想借点盘缠罢了。既然项大侠有意出面打点。敢请项大侠练上一手，也好叫兄弟们心服口服。"

项恭道："小弟才疏学浅，学得几手三脚猫功夫，既然各位盛情，那只好献丑了。"说罢，只见他一哈腰，身形拔起，已在庭院中，轻舒猿臂，一套少林金刚拳施展开来。只听得"呼呼"风声，拳出如闪电，身腾如蛟龙，少林功夫果然名不虚传，只看得众人眼花缭乱，心中啧啧称赞。"啪"，项恭一个收式，只见他脸不红，气不喘，一身的英气。

那伙强人心生退意。刚要发话，只见"噌噌"跳下一高一矮两个人来。大声叫道："这位兄台，身手不凡，不知可否与我兄弟俩比试一番，指点一二。"

项恭心想，看来不教你们吃点苦头，你们也不会善罢甘休。微微一笑道："二位有意，小弟也不便推辞，只是刀剑无眼，难免有所损伤，若是你们伤了我，只怪我学艺不精，若是我伤了你们，请不要见怪。"

这时，那强人头领冲项恭抱拳道："项大侠尽管放开手脚，指教这弟兄俩就是了。"

项恭一笑转身道："二位，请了。"那两个也不答话，一个箭步，双双奔上。高的一招"双雷贯耳"，直向项恭的太阳穴袭来；矮的一招"黑虎掏心"冲向项恭的前胸。项恭不慌不忙地一招"铁板桥"躲过这两拳，跟着脚一摆，一招"倒踢乾坤"直向高个子的小腹奔去。高个子一见，忙向后退去，但左肋已被扫中，只痛得他"嘶嘶"直咧嘴。矮的趁机一招"双龙抢珠"直指项恭的双眼。好个项恭，一招"鹞子翻身"避开来势，就势一招"风扫残叶"，只听得"咕咚"一声，矮个子一屁股坐在地上。

项恭面带笑容冲着那两人道："得罪了。"说着，转身对那强盗头领道："兄台请各位弟兄喝杯水酒如何？"头领忙道："不打扰了，不打扰了。项大侠的情，兄弟心领了。"项恭道："既然如此，兄弟有白银千

两，奉送兄台，请不要推辞。"那头领一脸笑意道："恭敬不如从命，项大侠今后若有什么差遣，只管吩咐，我等必来相助。告辞了。"说罢，手一挥，众强人眨眼间走得一个不剩。

事后，强人们打听得项恭是一凡大师的徒弟，不由得暗暗庆幸。

金老头儿

清朝的雍正乾隆年间，四川一带出了一个剑客，名叫金飞。

这人长得赢瘦矮小，龙钟猥琐，一个酒糟子鼻头火一般红，笑眯眯的颇为温和可笑。因为上了几岁年纪，背后人家都叫他"金老头儿"。

据他自己说，他在甘肃的一处深山中遇到了一个师父，学了一身好剑术，武艺着实了得。

也不知道是他自己说得天花乱坠人家相信了呢还是有人在替他吹，总之信的人非常之多，待他回到四川，人们一窝蜂地来拜他为师。

别的人收徒，总是事先考查徒儿的人品德性，看这人有没有培养前途，满意了，先收拜师钱，过后做老师的定下一大堆习钻古怪的规矩来让徒儿遵守，最后还要三跪九叩的行拜师礼；可这位金大侠却好，他也不收徒儿的钱，也不受徒儿的拜，只叫他们第二天准时上他家门前的那块大地上来练武就成，其他一概不在乎。于是，只一下，他就收下了上千个徒弟。

开始时着实的热闹了一番，每天清晨，他家门口总是闹闹猛猛的胜过三个菜市场。金飞也只教他们站在一边，眼睛盯住一处一眨也不许眨，说是锻炼目光。

三天下来，天天如此，不少徒儿生起厌来，问师父能不能换个花头练练。

金老头儿摸摸他那几根稀稀朗朗的胡须，道："能啊，为什么不能？换就换一个。明天各位就各自找一块大石头，双手紧抱，站起身来，一天连抱五百下。这是练习腰力和臂力的，练久了好处无穷。"

这些个徒儿中不乏习武多年的人，几时看见过这种习武方法？大伙面面相觑，半天作声不得。

又几天下来，许多人也心里懒了。

中间有几个心思活络的，上前道："师父在上，咱们师兄弟中很有几个背后叽咕的，说师父从不露一手大家瞧瞧，师父什么时候抽空露上那么一手两手，也好叫那些个家伙心服口服？"

金老头儿呵呵笑道："徒儿们是自己要练本领，并不是来看师父练本领的。只要他们自己练得好，师父本领大不大与他们有什么关系？不看也罢。将来有机会总能看得到的。"

众人听他推三阻四，心里凉了一大截，练武更加不起劲了，开始还只三个五个溜号，渐渐的，已是成十上百的走。一个月下来，只剩下十来个人还死心塌地跟着练，其余都回家种田做生意去了。

这天，金飞边看徒儿们习武，边坐在门口喝酒，大概是多喝了几杯，当徒儿们又一次提出来请他露一手时，他爽爽快快答应下来，笑呵呵说："那也好，我已多日不舞剑，正感到手痒，就舞一阵试试。你们去取半升黄豆来！"

众徒弟听说师父答应露一手，高兴异常，一齐抢着去取豆。黄豆是农家家常作物，家家户户都有，不一会，已经取到。

金飞又咂了一口酒，慢条斯理道："大家再去磨好了墨。"

小徒弟二狗问道："师父要墨干吗？"

众人道："师父说要，自然有用，你去拿来就是！"

二狗拿出墨锭砚台，蘸水磨了半天，磨了浓浓的一砚。

金飞又吩咐道："你们去把这些豆子一颗颗全染黑了。"

众徒弟不好细问，只好照办，拿起笔，将这半升豆子一一染黑了。金老头儿见已万事齐备，慢慢站了起来，束了束腰带，吩咐大徒弟："你去取一只碗来，倒半碗豆子在碗里！"

大徒儿丈二和尚摸不着头脑，朝众师弟眨眨眼，照办了。

金飞又说："现在你将这碗豆向空中撒去，撒得越高越好！"

众人不知师父要的是什么把戏，一齐站得远远的，伸长了脖子看。大徒儿一声吆喝，拿起碗来用力朝天一撒，只见这些染黑了的豆子犹如黑箭一般纷纷朝上射出，一时犹如天女散下了一天的黑花，十分好看。

就在这时，只见金飞一声长啸，挺剑跃向豆子落下来的地方，白光闪处，恰如一团白光飞舞。"沙沙沙沙"声不绝于耳。

那些豆子像煞是一阵暴雨，一时间"嘀嘀嗒嗒"一一落在地上。等待

豆子落完了，金飞的剑也舞完了，只见他神定气闲，缓缓说道："徒儿们可以看看每粒豆子！"

徒儿们一时好奇，一齐蹲下身去察看，才看见地上的豆子每颗都被削去了一半，黑豆子露出一点白来。

直到这时，众门徒才大为吃惊，师父果然身怀绝技，而这一本领绝不是日常能够见得着的。他们齐齐拜倒在地，频频磕头。

这一下，金飞的名声大振，许多离开的徒弟又纷纷要求回来，可惜金老头儿这时却端出了架子，再也不肯收他们了。

侠盗盗驴

清朝年间，宝坻地方有个大盗，名叫纪亮。

这人瘦瘦小小，貌不惊人，然而机诈百出，又善于奔跑，据说一日一夜能跑八百里。

一年冬天，他得来一个消息，说三百里外的蒋家庄，有一家大户，家里养有大白驴一头。这驴长得漂亮，且又善于奔跑，主人家爱逾性命。

这户人家是当地的一个恶霸，平日里仗势欺人，纪亮决计盗出他的驴来，给他一个教训。

他在下午收拾停当，随即动身去了，等到傍黑时光，已到了那里。

他先在蒋家大院的周围转了一圈，踏看了进出路。

等到天一黑，天上忽然飘起大雪来，雪花簌簌飞洒，满天都是，转眼间已落得地上转白。

纪亮也没放在心上，只是越过围墙，立即上马厩去了。

马厩的大门已经关上。

纪亮侧过耳朵细细一听，只闻里面驴马踢腿的踢腿，喷鼻的喷鼻，却不闻人的鼾声。

他从百宝囊中取出一根细签，三下两下拨开了铜锁，轻轻推开了门。

进屋一看，大白驴果然在。

只见这驴个高体壮，浑身雪球似的一团，只是黑耳披儿，黑眼圈儿，黑肚囊儿，黑尾巴梢儿，四个墨蹄儿，脑袋上还有个乌顶儿。大寒的天气，毛茸茸的脊梁上还兀自冒着阵阵热气，四只蹄儿鼓点般叩地，片刻也不安静，果然是好驴子！

纪亮心中大喜，就轻轻抚了抚它，低声道："驴兄请了，咱们今天起交个朋友。等你换了主儿，咱纪亮决计亏待不了你。"

说着，就动手去解那系在槽上的缰绳。

然而，绳才解开，不知什么地方就响起了一个铃铛的响声，叮叮当当，甚是响亮。

纪亮吃了一惊，刚想逃出马厩，屋外脚步声响，有人秉了烛走来了。

纪亮两眼一转，嗖的一声，钻进槽下。槽下虽然又小又挤，幸好纪亮身材瘦小，居然也捆得下身。

进来的正是蒋老爷本人。他一进来，见白驴还在，嘘了口气，道："还好，我道是有贼——不对，缰绳被解开了，果然有贼！"

他在里里外外照了一遍，不见有人，想来是这贼听见铃铛响给吓跑了，就系上缰绳，关上门，又睡觉去了。

纪亮见主人走了，又钻出来解缰绳，不料一解之下，铃铛声大作，想来是主人在柱子上装有什么机关。

纪亮心知不妙，忙不迭一纵跳过一边，一头钻到马厩边上堆着的一堆旧木料底下。

果然，他才藏好身，主人已经领了五个儿子和仆人，大呼小叫着赶来了。

蒋老爷大叫："铃儿几次三番在响，准是有贼无疑！大家看仔细了，别走了这贼！"

马上，众人在马厩的里里外外搜索起来，搜了半天不见有人。

蒋老爷道："准是躲在那堆旧木料下。大伙别嫌累，就将木料搬到院子里去，我就不信这贼藏得住身！"

屋外北风嗖嗖，大雪飘飘，天气好冷，众人个个是热被窝里钻出来的，人人冷得簌簌发抖，只是老爷既然吩咐下来，只好嘟嘟哝哝着去搬这旧木料。

再说纪亮身在木料之下，蒋老爷的话句句听得真切，听他吩咐搬木料，吃惊不小。他急中生智，忙趁乱滚过一边，然后操起一根木料扛在肩上，半掩着脸，跟在众人后面，"哼啊呵呵"的出屋去了。人多声音杂，果然谁也没有注意到他。

等翻完了木料，底下连一根毫毛也没找着。

众人免不了私下要嘀咕，都说老爷疑神疑鬼，害得大伙挨了这半夜冻。

第二天一早，院子里的门大开，大白驴已不见。

蒋老爷细查厚雪上的脚印，只见凌乱杂沓的一串脚印直朝自己家的马厩走来，却不见半个驴蹄印儿。

蒋老爷想了半天就是想不通，只好搔着头皮道："莫非，莫非贼人真有好几个，扛起这驴飞走了？"

原来纪亮在主人家安睡下来后，取出刀来，一刀割断了缰绳，然后偷来四只仆人的破鞋，结结实实倒绑在驴儿蹄上，翻身上驴，一拍驴屁股，低声吆喝一声，扬长而去。

这时，蒋家仆人在家门口捡到一封信，老爷拆开了一看，上面写道："蒋家老爷请了，你家的大白驴儿，咱纪亮借了。几时你改正了，再不欺侮百姓了，几时还你。若还死不改悔，当心你的头颅几时也像大白驴一般飞了去！"

智取逆徒

清朝乾隆年间，四川出了一个老侠，名叫况彪。他晚年曾收下七八十个徒弟，因为他为人恬淡，平时乐呵呵的，教徒并不严格，以致徒弟中出了一个败类——郑树。

郑树这人进师门前原是一个秀才，长得俊雅清贵，潇洒温和，当时况彪看见了还十分高兴，暗暗称他是"良才美质，旷世难逢"。不料，知人知面不知心，画虎画皮难画骨，别看他在师门时一股子古貌古心，其实是个邪恶毒辣之徒。等他武艺学得与师父不相上下出师门时，他就凭着这身武艺，成了一个行事心狠手辣的人。

郑树一出师门，就加入了强盗团伙，不久又嫌大伙在一起受人束缚，索性反了出去，成了独脚大盗。

他自恃武艺高强，每每高来高去，见钱就抢，见财就霸，一言不合，就杀人伤人。开始杀的还是官府财主，后来连做小本生意的人也要杀就杀，要抢就抢。到了三年之后，更是成了采花大盗，只要见了漂亮一点的女子，就非要弄到手不可。

况彪早就听说这事，特地出去找了他几次。谁知这家伙听说师父在找他，就远远避开了。况彪一来上了年纪，二来自忖真的打起来，毕竟自己年岁大了，不宜硬拼，万一自己不小心失了手，以后谁能收拾他？想到这里，他就想出一个计策来。

且说郑树一年中也只狠狠做它几笔大买卖，平日里只是一味地游山玩水，寻花问柳。

这天，他正在江南南浔镇上吃喝玩乐，忽然消息传来，说街上来了一个比武招亲的，那招亲的大姑娘漂亮得紧，只是手下功夫十分了得，不到半天已将镇上三个武功最高的小伙子打得一败涂地。郑树原是一个见色眼开的家伙，自恃武艺高强，人家不招他惹他，他都要挨上身去，何况是个

比武招亲的？这时他正住在一家客店里，得到这个消息，连忙踱出店来，直奔大街。

来到街口广场处，远远就看见一大群闲人围着，几个游手好闲的青年脖子伸得像大白鹅似的探头探脑在向里面张望。

郑树走到这些人身后，稍一使劲，就将他们推得七倒八歪，挤进身去看时，只见正中插着一面大旗，上书"比武招亲"四个大字。旗下站着一个四十上下的妇人，妇人边上一个姑娘低着头立在一边。郑树仔细打量这姑娘，只见这姑娘的脸上虽然颇有几分疲惫之色，但是脸蛋娇美艳丽，身形苗条婀娜，弱态生娇，明波流慧，实在是一个十足的美人儿。他平日看到的多是些妓女婊子，哪来这种人物，一见之下，马上头上走了三魂脚下溜了六魄，神志昏迷起来。

他也不等打听清楚了，一步跨进了场子，涎着脸一抱拳道："来，来，来，美人儿放手过来，咱们比完了武可以早日成亲！"

那个妇人正要回话，只见姑娘猛的眼睛一亮，低声跟那妇人说了几句话，上前一步，福了福，开口道："公子要与小女子比武吗？公子擅长的是什么？"郑树哪把这种娇滴滴的大姑娘放在眼里，笑嘻嘻道："美人儿说什么就是什么，棍棒刀剑，弓弩铜链，十八般武艺，悉听吩咐。"

这姑娘道："如此最好，我只使剑。公子如果没带剑来，这里的可以任挑一把。"

郑树道："这倒不必了，小子只要用一双空手接姑娘几招就是了。"

姑娘道："刀剑不长眼，伤了公子可不是玩儿的。"

郑树道："姑娘放心，小子就立一张字据如何？这样，就是姑娘将小子杀死了也没你的事儿，只要姑娘舍得。"

这姑娘不理他的风言风语，等他立了字据，拉开剑式，长剑颤处，前后左右，眨眼之间已攻出了四四一十六招，只见她剑招凝重，轻重进退，十分的狠辣异常，剑招又似十分熟悉。

郑树料不到这么一个姑娘武艺竟如此高强，不由得吃了一惊。刚要认真对付，突然听见背后一个老人的声音在缓缓说话：

"这位不是贤徒郑树吗？"

这声音分明是师父况彪。

郑树可以说是天不怕地不怕，唯一怕的人就是他的师父。如今听到这

声音无异是看到了阎王的请帖，一时间心神俱乱，说时迟那时快，"刷"的一声，他的右手筋络已经被这姑娘用剑划断。从此，他这只右手已经废了。

况彪缓步走出人群，一手轻轻按在郑树的背上，冷冷说道："怎么样，你欠百姓的账也应该算清了吧？"

郑树原本就不一定是师父的对手，丧失了右手，知道今天就是他的死日，低下头，叹了一口气，跟随师父走了。

从此，世界上就没了郑树这个坏蛋。至于他是怎么死的，我们没有看见，也不好随意胡编。说穿了，这姑娘原是况彪的女儿，只是她不与父亲住在一处，所以郑树不认识她。否则，他也不会这么容易落在师父手里。

七 额 驸

在满洲语中，驸马叫额驸，七公主的丈夫就叫七额驸。

清朝嘉庆年间，清仁宗有七个女儿，当第六个女儿完婚后，仁宗准备给第七个公主找额驸。七公主能文会武，又是七个公主中最漂亮的一个，皇帝一向对她宠爱有加，因而一心想给她找个十全十美的额驸。

有一天，皇上去打猎，正在追赶一只麋鹿。突然，"呼"的一声巨吼，从旁边林子里蹿出一头巨熊。这巨熊大如水牛，一身黑毛，浑身少说也有上千斤力气。它把仁宗皇帝吓得脸如死灰，尖叫连声，一时不知道该怎么办才好。侍卫们连声吆喝冲上去救驾。但这熊力大无比，"啪啪"两下，一掌击倒一个侍卫。仁宗皇帝吓得魂飞魄散，站在那里竟如泥塑木雕一般。

正在万分危急之时，一匹枣红烈马飞驰而来，马上一少年叫道："闪开，瞧我的。"只见他弯弓搭箭，"嗖"的一声，向巨熊射出一箭。谁知，巨熊皮厚骨硬，箭射在它身上犹如蒿草射中牛皮一样，"噗"的一声落在地上。巨熊见又来一人，翻身向少年一掌击来。

这时少年已翻身下了马，他避过掌风，转到它背后，飞起一脚，正中巨熊屁股。这一脚足有千钧之力，那熊站立不稳，"咚咚咚"向前冲出几步。

这下，巨熊可来了火，它双眼火红，口里"呼呼"叫着，舞动双掌直扑少年。这时皇上已逃在一边，他吓得闭上了眼睛不敢再看。

少年灵活似猿，矫健似鹰，忽左忽右，避开巨熊凌厉的攻势，一闪身从小腿绑带中抽出一柄短剑，撩起一圈剑花，看准时机贴近身去，连刺巨熊小腹数十刀。巨熊这才嗥叫数声，砰然倒地。

皇上见少年武艺高强，胆识超群，身材高大，相貌堂堂，一表人才，心中好生喜欢，有心栽培，便把他收在自己身边做了贴身侍卫。

这少年姓武名淳，自进宫后，因其生性聪颖，武艺高超，再加上来自山村，为人憨厚，深得皇上和宫中上下宠信。

皇上的贴身侍卫中有一个叫马良的，这人武艺出众，跟随皇上多年，在武淳进宫前深得皇上宠爱。马良见武淳日益得宠，生怕失去自己的地位，不由得心存妒忌，常常找武淳的碴。武淳虽也看得出来，但总宽厚相待，从不记在心上，仍称马良为兄。这使得马良更恼羞成怒，决定好好教训武淳一顿。

一天宫中大内比武，马良一向对武淳不服气，便上前一拱手道："马良久闻兄弟身手不凡，连巨熊都丧在你手下，好生佩服，想讨教几下，兄弟肯赐教吗？"武淳推辞不得，只好跳入场中，向马良作揖道："请兄长多多指教。"马良本就存心不良，未等少年拔剑出鞘，早就一剑挥来。只见他手中长剑寒光点点，招招狠辣，路路暗藏杀机。武淳不敢怠慢，连连避让，蹿高伏低，闪过马良一次又一次的攻势，但因为被马良打了个措手不及，一时处于下风。

本来大内比武，原是点到为止。但马良本就有意加害，见武淳只有躲避之功，毫无还手之力，更步步紧逼。场外皇上和众大内见到情况不妙，都为武淳捏了把汗。

终于武淳抓得一机会，翻身跳出马良剑尖圈外，长剑出鞘。他一剑在手，精神陡涨，一剑跟着一剑，绵绵不尽，马上从劣势化为优势。手中宝剑犹如一团瑞雪，不离马良左右，斗到酣处猛地一招"蛟龙入池"，武淳的剑已对着马良的要害。马良只见眼前一片剑影，一慌神已被他指住了喉咙。皇上和众大内见了不由得大声喝起彩来，齐声称赞武淳的剑术高明。

自从这场比武后，皇上对武淳更是宠幸有加，私下也怪马良气量过于狭小，因此无形中对他冷落了许多。马良又恼又怒，只是一时又没处出气。

一天，仁宗皇帝上朝去，这时文武百官已排列左右静候。这时，侍卫队里的马良踏上一步，手一扬，"嗤"的一声，一支袖箭直朝皇上咽喉射去。皇上身边的侍卫哪防这一手？没有来得及反应。站在马良身边的武淳腾身一跃，后发先至，扑在皇上身上。"噗"的一声，袖箭深深地扎进武淳的右肩胛，顿时鲜血淋漓。朝上侍卫这才醒悟过来，一拥而上，将

马良团团包围。马良左冲右突，终究突不出侍卫的刀光剑影，最后被剁成了肉泥。

此后，仁宗更加器重武淳，封他为大将军，并决定将七公主嫁给他。于是武淳一跃成了皇上的七额驸。后来七额驸统帅三军出兵北征，为大清的安定立下了汗马功劳。

诸姓老人

清朝时，福建泰宁镇，有个名叫诸承法的家伙。这人状貌秽陋，肥黑短髯，目赤无黑睛，性情凶悖阴刁，终年赤脚穿鞋。他贪财好色，恃仗着自己的武功高强，老欺侮人。一会儿东村的那个姑娘遭他强暴，一会儿西街的那个孤老被他抢了钱财，当地百姓个个恨不得一口一口生生咬了他。

这天傍晚时光，他手提一只大瓮，来到一家卖熟食的大兔小店里，将这瓮"咚"的一声搁在柜台上，自己大模大样地坐了下来。大兔哪敢怠慢，远远站着拱身道："诸大爷要来些什么好吃的吗？"

诸承法一翻他那双白多黑少的眼睛道："你瞎了眼是不是？大爷是来你店里照顾你生意来了。"

大兔道："不知诸大爷要些什么？"

诸承法道："你娘的有些什么捞什？且先说给老子听听！"

大兔知道今天遇上了煞星，只好耐着性子报道："上好的清蒸猪头肉，刚出锅的熟鹅肉，酱鸭，卤鸡，荷叶粉蒸肉，香肠，熏鱼——"

诸承法打断他道："娘的，啰嗦个什么？就将这些悉数倒进老子瓮里不就得了？"

大兔肚里叫一声"苦也"，战战兢兢道："大……大爷要这么多，吃……得完吗？若是明天吃，走了味可不好吃……还不如明天来取吧。"

诸贼道："老爷要多少管你的鸟事？你只管倒进去就是了。"

大兔忍不住道："诸大爷……小的可是小本生意，若是要欠要赊，小的可没有这个本钱。"

诸贼原来就是来白吃白拿，听了这话，上前一个耳光，打得大兔一踉跄跌出门去，半天叫不出声来。

这时边上已经围着几十个人，一个个义愤填膺，趁他不防，一扁担击

在他头上，直打得诸贼一时间像没头苍蝇似的在地上乱转。

众人早已对他恨之入骨，今天见有人起了头，一齐拳脚齐上。诸贼不防这招，先挨了他们几家伙，等他回过神来，刚要打人，已被大伙用刀枪乱砍乱戳，很是挨了几下。他虽被包围在人群之中，竟然抢过一把刀来，运刀如风，马上杀了几个人。

众人恨透了他，一时敲锣集中了上千人，并不近身，远远地石头鸟铳齐发。因为中的是诸贼的要害，没等他施展武功，已被众人打死。这之后，众人各自散了，就留下十几个人守着尸体，准备官府前来验尸定案。

这时，一个通常在街市大桥头卖姜的老头，突然间走了过来，见了这具尸体，"噗通"一声跪倒在地，伏在上面，哭了起来。

只见他哭道："我的兄弟啊，为兄的不知多少次说给你，你就是不听，果然有了今日这个下场！要是当初你老哥狠狠心废了你，哪会有今日之死？"

直到这时，众人才正眼看他。只见他白发苍苍，弯腰屈背，没有七十，也早过了六十。听他的话，倒像是诸承法的哥哥。

几个守尸的人中，有一个年轻的，平日最恨诸贼，见这老汉是他的哥哥，喝道："你妈的老小子，你阿弟是个盐里出蛆的坏种，做他阿哥的也一定不是好人。他活着时你不好好儿教他做人，这会子死了还有什么好说的？难道讨打吗？"

这老汉道："小哥儿说的是，小老阿弟从小受我娘宠爱，时不时的护着他，以致长大了再也不可收拾。我做阿哥的也不是没看见，只是劝他他听不进。现在小老不求其他，只求将他的尸身还了小老，让他入地为安。"说着跪在地上，向大家"砰砰"叩头。

那个年轻人不知好歹，只当一个卖姜为业的老头，有什么好怕的，拿起手中的花枪，在他脑袋上"咯咯"敲着，骂道：

"你阿弟是个猪狗不如的畜生，还有什么入土为安不入土为安的？去去去！走迟了连你也一起打了！"

这老人一声不吭，受了他几下击打，突然双手一捞，抱起了他兄弟的那具尸体，跳起身来。众人只觉得一股大力传来，个个把不住脚，七冲八跌地退后十来步。

这老人，手抱百十斤重的尸体，奔走如飞，直往河边跑去，并无半点

老迈的样子。众人大声吆喝，他却只当没听见，仍然跑去。来到河中，只看见他双手平举，将尸体擎起头顶，平步走入水中。

这河虽不算阔，却也水深二丈，凭着他那个矮个儿，无论如何也得沉入水底，但他手擎这么重的一具尸体，竟然如履平地，安然过了河，疾驰而去，转眼间，便不见了踪影。

直到这时，人们才知道这个卖姜老儿的武艺深不可测。幸好他虽不曾好好管教他兄弟，却也不像他的兄弟那样为非作歹，如果他也与他兄弟一起作恶，恐怕就不是他们几个百姓收拾得了的了。从此泰宁镇就再也不见这个老人。

瞎 侠

清朝乾隆年间，河南省卫河沿岸，经常有一个年轻的瞎子，在这一带出没。他拄着明杖，只要是埠头，他都去。

这瞎子二十几年纪，头发蓬松，身穿一套粗布衫裤，膝盖手肘处都已擦坏，到处打满了补钉，脚下赤足，穿一双草鞋，腿上满是污泥，纯是个庄稼汉模样，但谈吐中又像是读过书的。

只要有船到岸，他就会"咯咯咯"敲着明杖，急匆匆过来，一把拉住岸上布跳板的船老大，急吼吼地问：

"船老大，借问一声，贵船上有没有一个名叫殷桐的人？殷勤的殷，桐树的桐。"

船老大见他说话虽然文绉绉，身上那套衣服总是乡巴佬的样子，所以多半没好气地回答他：

"没有，没有，这里只有你这个饭桶，没有殷桐！"

这瞎子也不生气，只是连连弯腰赔不是，退了下去。

开始时，有几个客人以为他是讨饭的，布施他一点东西，他都一一谢了，不肯收下。

也有闲人出于好奇，问他："喂，我说瞎哥，你找殷桐干什么？他是你的亲戚不成？"

这瞎子也不说是，也不说不是，只是摇摇头，不做回答，只说"唉，唉，今天又见不着他了"，退了开去。

人们见他长年累月老问这个人，只道他是一个精神病，虽然心里觉得蹊跷，既然问不出话来，只好作罢。

后来，船夫们被他问烦了，就越发不客气起来，每逢他问了，总会说："王八羔子的臭瞎子，天天问殷桐，年年问殷桐，殷桐是你爹老子是不是？没有！没有！滚得远远的，吃了饭没事干！"

这瞎子只说："对不起，对不起。"他说他是有点事找他，麻烦各位了，接着就退了下去。

这样一问十年。有好事的人跟踪了他几回，最终竟然不知道他住在哪里，平日里又是靠什么为生。

这天是个冬日的下午，有一艘运粮船到岸，这瞎子照例又上去问讯。这条河里的船夫几乎没有一个不认识他的，正想恶言恶语骂他，甲板上蹿出一个中年的相公。

只见这人身材魁伟，相貌堂堂，衣着甚是华丽。

这人上前一步道："鄙人正是殷桐，什么人找我？有什么事吗？"

瞎子点着明杖，上了船，一步一步走上前去，从他的步子里看得出，他是非常的激动。

等到他已摸得着这人，这瞎子突然大吼一声，一跃上前，双手如钩，只一下死死箍住了殷桐的脖子，同时，"阿呜"一口已生生将这人的鼻子咬了下来，转眼间，鲜血糊了那人一脸。

众人不防有他，见他凶猛狠毒，不知为了什么事，一时间慌了手脚，急忙上前去拆开。

不料这瞎子势如疯虎，口中"嗷嗷"发声，张口乱咬乱啃。

那殷桐与他扭作一团，跌翻在甲板上，滚来滚去，不一会，"噗通"一声掉入水中，两人双双随波逐流去了。

三天后，两具尸体终于在海口天妃宫前浮了出来。

众人打捞上来，只见两人牢牢抱住，死了这么长时间还是牢不可拆。这瞎子的双肋已被殷桐打得齐齐断了；而瞎子的十指犹如铁钩一般深陷殷桐背后达一寸之多，殷桐脸上的肉已被瞎子咬了个精光，光剩下白森森一副骨头。

这样惨烈的事情，见所未见，闻所未闻。一时间传得附近一带尽人皆知。只是不知道这瞎子到底为什么与殷桐有这般深仇大恨。打听再三，最终谁也说不清。

一直到五年以后，人们才听说，说是这瞎子原是一个读书人，眼睛没瞎时也曾仪表堂堂。他家边上有一家小户人家，就寡母与女儿两个，待那女儿长大一点，来了一个富家公子，说要娶这姑娘为妻，不知怎么一来，这个富家公子玩了这姑娘后又将她卖了。

就这样，这母女两人就双双上吊死了。当时一般人只道是这家人家贫穷，日子过不下去，于是上吊死了。

事后，由保正弄来两副棺材将她们一葬了事。

但是她家隔壁的这个读书人却放他不过。

不知怎么一来，他自己先瞎了眼。

他知道殷桐这家伙后来一直在做生意，贩运什么东西，时不时走水路，这才上河边来找他，十年后竟然报了仇。

也不知道这话能信不能信。如果是真的，这位瞎子可真称得上是一位瞎侠。

侠 尼

　　清朝年间，河南遭灾，钱履宾押了八千两银子去救灾，这天错过了宿头，正在着急，林中现出一隅杏黄墙来，进门一看，西首一排三间侧屋，全空着，正中是观音大士殿，观音宝像端庄，殿内香烟缭绕，打扫得甚是干净。殿侧一扇小门紧闭着。钱履宾上前去打门，许久，才出来一个佛婆。钱履宾说了来由，请求暂借一宿。

　　那佛婆道："要宿尽管宿，只是别吵吵闹闹的，打扰了庵里师太的清修。"

　　说着，为侧厢开了门锁，自顾自进小门去了再不出来。

　　钱履宾吩咐大伙一齐盘腿坐在床上，将十箱银子齐刷刷排在床下。

　　时过三更，忽然马蹄声由远而近，又急又猛，直如下雹子一般，不多一会，十几骑已在庵外，只听见一个粗豪的声音打雷一般在叫：

　　"贼尼姑，有种的就出来，咱们也让得你够了。光棍眼里揉不得沙子，你出来咱们见个真章！"

　　连叫三遍，只是不闻庵里有人回话。忽然，"砰"的一声，庵门被踢开。钱履宾知道逃不过，索性开门出来。只见盗首朱矮子头包红帕，走在前面，后面跟的正是另外的两个盗首钟贼与何贼。

　　钱履宾一抱拳道："朱老前辈请了，何钟两位大爷请了。在下钱履宾，途经贵地，没跟朋友们上门请安，甚是失礼，还请三位爷们恕罪——"

　　话未说完，朱矮子从腰间拔出一束香来一晃，道："你他妈的少啰嗦，老爷没空！"

　　这香着实古怪，一股异香扑来，钱履宾等五个人只感到头脑中一阵剧烈的晕眩，全身便似在空中飘浮飞舞一般，纷纷倒在地下，横三竖四躺了一地。迷惘中只听见朱矮子在说："……看在贼尼的脸上，不杀也罢……

妈的……就只这么七八千两银子……不是说是金子吗？……为这么点油水来赶这趟浑水……"钟贼细声细气地说："……二哥之仇……"以后的话，钱履宾再听不真。

从昏迷中醒来，红日已是当空，钱履宾睁开眼来好半天才记起昨夜的事。四个公差还在云里雾里，哼哼唧唧着直嚷口干。五个人爬起来愣了半天，一时不知怎么办好。到底钱履宾不枉多些墨水，他想起一个主意，就再去侧门打门。好一会，又是那个佛婆出来道：

"你们敲敲打打的干什么？"

钱履宾道："婆婆有所不知，昨晚三更时分来了一伙强盗，一束闷香将咱们哥儿五个闷翻，把宿州官府解济南的八千两银子全抢走了。"

佛婆一脸鄙夷道："哼，看不出各位还是吃官家饭的，早知道这样，昨晚也不会放你们在这儿过夜了。官家的银子，全是老百姓的血汗，肮里肮脏的，有什么好说嘴的？"

钱履宾道："婆婆别这般说，别的银子丢了在下也不敢多嘴，只是这是救灾用的，是老百姓的东西，现在丢了，叫我们怎么交代？更有一层，昨天那个矮子强盗一伙来时出口不逊，有污华庵清名——"

话未说完，佛婆背后蓦地多了一个美貌女尼。

她问道："他们说些什么来着？"

钱履宾一拱手道："污言秽语的，在下也不敢复述，好像在说贵庵碍了他们的买卖什么的，还有像要报什么仇。"这美尼笑道："我一夜不在，这矮子和两个贼人便胆敢到我木铎庵里来撒野，还不知死活地抢了救灾的银子，瞧我不找他们算账！"又转身对佛婆说："你去牵我的阿黛来！"

佛婆进去不一会，牵了那头小小巧巧的黑驴出来。那尼姑一跃上驴，只见那黑驴四蹄翻飞，一阵风似的朝南山而去，倏忽已没了踪影。

钱履宾他们半信半疑地坐在庵门口等，两个时辰过去，只见女尼一手牵驴，一手提一只革囊慢腾腾走着回来，驴背上搁的正是两只装银子的箱子，钱履宾忙不迭迎上去。

这尼姑笑着一指驴背上的箱子："你们点点数，看箱子里的银子可有缺少？"

钱履宾连声道谢，合力抬下箱子，一点，八千两官银原封不动全在，

亏得这驴子，驮了这许多银子竟不当一回事。这一喜非同小可，五人一齐跪在地上叩头。

那女尼俏脸一板道："我自算我的账，谁要你们谢了？一齐起来，再看看这个，瞧我杀错了人没有？"说着，又将手里的革囊掷在他们眼前。

钱履宾一打开来，两颗人头一齐滚了出来：一颗是朱矮子的，连头上裹的红帕都还在；一颗是钟瘟的。

钱履宾道："女侠真好身手！"

女尼"咯"的一声笑道："何瘟虽坏，罪不至死，我只卸了他的一条胳膊……救灾事急，你们可以去了！"

钱履宾等人千恩万谢，即刻动身上济南去了。

等交完了差回来，想起这年轻女尼的恩典，钱履宾他们再上木铎庵来拜谢，可惜人去庵空，连那个佛婆也不知上哪去了。

蛇 和 尚

　　浙江的雁荡山，风景秀丽，着实是个游览胜地，只是因为道路难走，一直少有人去。

　　清朝道光年间，这里有一座寺庙，名唤能仁寺。这寺原来可以算得上是一个富寺，寺院高大，房屋众多，寺有寺产，共有一百几十亩田，或和尚自己种，或请佃户代种，每到秋天，总有上百石稻谷入账。寺里原有二十来个和尚，香火兴旺。

　　不料这里离海不远，海盗们听说这里富饶，一到秋收后就来抢劫。他们人多势众，杀人也来，放火也来，仗着天高皇帝远，官府管他们不着，每次来了总要弄得村里哭爹喊娘，后来索性上能仁寺来抢劫，吓得和尚逃走的逃走，还俗的还俗。不久，也就人去庙空了。

　　这年来了一个老和尚。这和尚长得肥头大耳，袒胸赤足，身材矮胖，冬夏就一葛衣，不冠不履，模样儿若狂若痴。

　　他去能仁寺转了一圈。问留在那里的一个老和尚道："这又奇了，这儿寺院高大，广有田地，为什么这般冷冷清清？"

　　那老和尚早已上了八十，骨瘦如柴，躺在一块板床上，有气无力答道："师兄刚到这儿，不知内情，如果没有每年秋后的海盗，这里原是一个好地方，如今逃的逃了，讨老婆的讨老婆生儿子去了，就剩我这个老不死的留下来管庙。师兄还是早走为好，不用可怜老衲。去年海盗又来，见只老衲一人，寺里连只饿老鼠也找不着，心里烦躁，将老衲砍了一刀，眼下老衲就是想走也走不成了。"

　　这矮和尚笑笑道："老师兄不必伤心，我本是山西五台山的和尚，因为得罪了方丈，在寺里容不了身，这才到处游荡做了个大庙不管小寺不收的游方僧，既然这里有着这么一个好去处，我就留下来过他几年去，谅海盗什么的也一时奈何我不得。"

那老和尚道："师兄要留尽管听便，只是等秋后来了海盗不但你的财物保不住，就连性命也一时难保，到时候师兄不要怨老衲话不说在前头。"

矮和尚嘻嘻笑道："对付海盗我自有一套，老师兄放心就是。"

老和尚盯着他看了半天，讷讷道："师兄莫非……莫非会武艺？"

矮和尚道："武艺什么的倒不会，只是我有一个小技巧，能够叫得不少帮手来帮我，到时候别说是三五十个强盗，就是来他一百两百，我也不会将他们放在眼里。总而言之，管叫这些个强盗从此再不敢来骚扰，还我们庙宇清净就是了。"

从此，这个矮和尚就在这寺里住了下来。只见他每天除了化缘讨斋、拾柴种菜，以获得日常必要的生活所需之外，就是上山下沟的不知在弄什么。

两个月后，他只对寺后的那口废井感兴趣：三天五天总要上那儿去丢些饭团，扔些野兔田鸡什么的。老和尚近日因为有了这个矮和尚，吃穿已经不用犯愁，不过毕竟上了年纪，也不去管他到底在干什么。

这样一来二去，秋后收割时期又到。村里人知道强盗又要光顾，早早藏粮的藏粮，逃难的逃难，一时间忙得一塌糊涂。

这天午后，村里传来哭爹喊娘的声音，消息传来，海盗又进了村。

矮和尚将老和尚背上阁楼，让他躺下了，吩咐不论出什么事，只是别看别听；自己则盘腿坐在大雄宝殿上静等强盗到来。

过不多时，一阵脚步声骤起，大门被一脚踢开，一群海盗手舞刀枪，吆喝着冲了进来。矮和尚不慌不忙嘬一声呼哨，只听见寺里寺外，"呼呼"之声大作，大大小小的蛇，如风一般游来。

它们或五色斑斓，其粗如碗；或黑质白章，绿眼青牙；或长只尺余，头似雄鸡，冠正赤，黄身赤斑；或长可三四寸，颈细头粗……一时间霉腥腐臭之气大炽，毒虫蛇虺早将海盗们团团围住。

强盗吓得半死，挥刀舞剑乱砍，虽然伤了几条，却被咬死了十来个人。这些蛇其毒无比，咬上即死。

那海盗头子被一条粗如儿臂的大蟒蛇盘往倒在地上，它的那条红信子冲着他的脑袋一伸一伸的，只吓得他三魂里走了两魂，六魄内去了五魄。

矮和尚笑嘻嘻说道："怎么样，下次还来不来？"

盗首哀求道："大和尚饶命，我们以后再也不敢了！"

众海盗伏在地上，砰砰磕头，只求赐他们免于一死。

矮和尚这才又一声呼哨，让蛇放开他们。

众强盗爬起身来，一点人数，来的二十四人中，死了十一人，被咬伤还没死的五人，只留下八个人没事儿。他们也顾不得脸面，一齐叩了个头，丢下死尸翻身走了。

矮和尚叫来几个村民，将一应尸体拖到外面地里埋了，收拾了海盗别处抢来的财产，分给了穷苦农民。

从此以后，这一带再没有海盗来骚扰，过去逃走的人，也慢慢儿回了村。

能仁寺因为有了这个会使唤虫蛇的和尚，重新香火盛炽，兴旺起来。

众和尚害怕海盗还会前来报复，苦苦留住这个矮和尚，让他当了能仁寺的方丈，又因为他会驯蛇，村里人背后都叫他"蛇和尚"。

侠女白玉娇

　　清朝道光年间，山东出了一个好汉，姓孔名继钦。这人长得身材高大，貌相粗野，眉目间隐现凶悍之气。他从小就以力大名闻遐迩，十一二岁时又得名师智恒大师的指点，武艺十分惊人。他武艺虽精，平日敬遵师父的教训，并不为非作歹，只以保镖为业。

　　这天孔继钦得了一票生意，要他送二十万两银子进京去。他深知眼下路上多的是响马，不敢怠慢，特地亲自出马，带了几个得力的徒弟，一齐上路。这天正走着，忽然一个趟子手拍马上来，偷偷在他身边道："孔大镖头，背后有个家伙或前或后已经跟了有些时候。会不会是那一路的角色？"

　　孔继钦道："我早已看到了，你们不可作声，只装不知道。"

　　其实孔继钦真的早注意那人了。这人年纪尚轻，约莫二十二三岁，长得风流倜傥，随身只带一张弹弓，骑一匹骡子，走得好不潇洒。孔继钦想："看来这家伙只是一个独脚大盗，不像是别人的眼线。只要是独个儿就好，万一是别人的眼线，倒真不好对付呢。"

　　正想着，已来到一处客店。孔继钦吩咐趁早进店歇息。

　　正在洗脚吃饭，外面传来那个少年住店的声音。孔继钦连忙踱出来，一看，果然是这人。

　　孔继钦心里打了一个突，暗想："这家伙到底有多少斤两，竟敢青天白日跟住我孔继钦，我倒真想见识见识。"

　　第二天一早，孔继钦吩咐一早起程，赶了镖车，辘辘前进。回头看，见那小子也远远跟来。孔继钦骂了一句，再不理他。

　　走出三十里，来到一处树林，孔继钦知道这少年已要下手，刚叫手下当心，"嗤"的一声，一枚铁丸已经当面飞来。

　　孔继钦叫声"来得好"，在马上一个"金钟倒挂"，身子躲到马鞍

底下，躲过了这一弹，顺势取出自己的弹弓，就在起身的那一刹那间，一弹打去。"咯"的一声，正中少年左手大拇指骨，骨头打个正着，马上碎了。

那少年也真硬气，竟然一声不吭，换了只手，用右手拉弓，又是一连两弹射来。孔继钦这回成竹在胸，忙不迭也回了两弹。

少年的第一弹被孔继钦一躲躲过了；第二弹则被孔继钦的第一弹击个正着，"砰"的一声，双弹滚到地上去了。

孔继钦的第二弹正中少年的右手大拇指，"咯"，又打折了骨头。那少年一脸沮丧，下了骡子，过来跪在孔继钦前面，说道："小的有眼不识泰山，误犯虎威，实在该死。只是小的抢劫不成，反而断了两手的大拇指，再也打不得弹弓，回去不能交代，头儿会要了我的命的。还望大镖师大慈大悲，收留小的给您做个趟子手。"

孔继钦被他缠得没有办法，只好依他，让他跟着自己上路。

这人名叫孙三生，原是大户人家出身，因为败了家产，不得为生，这才落草为寇。从此，他成了镖行里的趟子手。

这样倒也平安无事。大概过了有一年，一天，他们又去保镖，到了保定，交割回来，突然看见路上一辆轿车路过，赶车的那人见了孙三生，似乎认识他，却又没有打招呼。

正在这时，轿子上的窗帘拉开，一个美貌的姑娘探出头来，叫道："这不是表兄吗？怎么穿了这身厮仆的衣服？"

孙三生起先没有在意，等听到这话，抬头一看，吓得魂飞魄散，畏畏缩缩地直往孔继钦身后躲。

自这以后，这轿子一直就跟着他们走，来到没人处，猛然间，一枚铁弹"嗖"的一声飞来，目标对准了孔继钦。孔继钦躲闪不及，只好张口一下咬住了这铁弹。这铁弹好大的劲，虽然被他勉强咬住，可是几个牙齿都动了，只差一点没打下来。

他心中大惊，知道遇到了强手，不敢轻敌，急忙取下自己的弹弓，一连三弹打去。对手正是那个姑娘，这时她正笑嘻嘻地站在车上。她见弹来，一跃上了马，一纵马，躲过了。

孔继钦取出飞刀，又发三刀，这女子竟躺在马上，跷起双脚，两脚一夹，将刀夹住，一夹一放，三把刀都被她夹了丢在地下。

　　孔继钦猛然省悟，当年师父曾说过："你的本事已经少有对手，只是要防一个名叫白玉娇的女子。"

　　他收起弹弓，叫了过去："姑娘可是大名鼎鼎的白玉娇白姑娘？我师父山西智恒大师向您问好了！"

　　那女子吃吃笑道："原来是智恒的徒弟，难怪有这两下子。这个孙三生是个没出息的家伙，你让他回去吧。"

　　孔继钦道："这是他自己要留在我这里的，姑娘就不要难为他了。"

　　姑娘道："你放心就是。他死不了！"

　　孔继钦自身难保，只好放了孙三生，自己逃了回去，从此再不敢走镖。

江家神弓

清朝年间，江西灵石有个有名镖头，姓江，名雄奇。他驰骋大江南北，白道黑道中人，个个见了他都要买他几分账。

不料，盛名之下，也要受累，他因为吃力过度，积劳成疾，四十几岁就死于咯血。

他有一个女儿，小名楚香，长得容貌秀丽之极。她的脸蛋娇美艳丽，难描难绘，身形苗条婀娜，当真如明珠生晕，美玉莹光，眉目间隐然有一股书卷的清气。十八岁时嫁给当地巨族杨家。

这年冬天，她丈夫在京都谋了个一官半职，随即与她一起带了十万两银子及大批仆人，坐了轿车出发。

江西到京都路途遥远，路上有不少日子可走，头几天倒也一路清静，没有什么，几天之后，已经发现有几个不三不四的人缀在后面。

她丈夫是个公子哥儿，哪知路途的艰难，只道是几个小偷，想浑水摸鱼，自己身边多的是人，怕他什么？经不住管家一再挑明，这才犯起愁来。

他家钱虽多，买的却是个小官，一路上前不着店，后不傍村，要官府派兵保护是不可能的，因此，他有点紧张起来。

他在晚上对妻子道："夫人别吃惊，今天听管家说，一路上好像有人跟着，开始我只道是几个小偷小摸的家伙，不料管家说是大队强盗的眼线，不知真也不真。我想出了省，找个大一点的城镇先住下来再说，等找到一家像模像样的镖局再走，夫人看好不好？"

江楚香眼睛一亮，道："是吗？这挺好玩啊。我长得这么大了，还没见过强盗，我倒真想见识见识。"

她丈夫又好气又好笑，道："你还想见识，到时候强盗来了，抢了你去当压寨夫人。"

江楚香嘻嘻笑着，压根儿不当一回事。

原来跟缀的正是江西大盗李虎。这人武艺娴熟，手下人马极广。他打听到了杨家带了大批钱财上路，如何肯放过？

这天已到江西与浙江交界处，这里如果杀了人，正是个"山阴不管，会稽不收"的好地方。

李虎早已伏了人马在此，见远远轿车到来，一拍马匹，冲了出来。手起一箭，"嘣"的一声，第一辆车上的车夫箭贯前胸，一个倒栽葱摔了下去。

李虎拉开大嗓门，叫道："肥羊们听了！本大王正是神箭金刚李虎。识相的快将银子搬了下来！如果说出半个不字来，这个车夫便是榜样！"

杨家老小，几时见过这个架势，一听之下，吓得屁滚尿流，慌作一团。

江楚香的丈夫也吓得蹲在车里，不知如何是好。

蓦地，后车门帘打开，一个女子在娇声呼喝："鼠辈好大胆子，你们不要命了？" 说话的正是江楚香。 只见她从容不迫地拉开轿里梳妆台的抽屉，取出一张几寸长的小弓来。

这弓十分罕见，仅五寸长短，小巧玲珑，就像是小孩子玩儿用的玩具弓。

她一弓在手，也没下轿，只是探出窗去，掏出一把小小弹子在手，"嘣嘣嘣嘣"，九响连发，九个强盗来不及叫喊一声，一个个倒在马下，再没吱声。

李虎连忙来个马下藏镫，可那马已经长嘶一声人立起来，一滚倒在地上。他也连滚带爬躲在树后，口里讷讷道：

"……妈啊，这正是江家神弓……我这个神弓李遇上了，可要丢命……还是三十六计走为上计吧……"

说着，他首先四脚着地，爬进灌木丛中，连手下也不招呼一声，一溜烟走了。

其余几个，只恨爹娘当初少给他们生了几条腿，抱头鼠窜，没命的走了。

江楚香笑道："让你们说对了，姑娘正是江家后代。你们要是不怕死，再去叫人还来得及！"

直到这时，那些仆人和杨家少爷才敢下车。

仔细一看，这些死人没血没水，个个是从两眼正中一弹打入脑袋，弹子虽小，却不轻不重正好塞住伤口，连血水都不让流淌出来。直看得这些人个个伸出舌头来，半天也缩不回去。

她丈夫虽然已经与她结婚有年头了，却从来不知道她有这种手段，佩服得不得了，上前去恭恭敬敬朝她作了一个揖，道：

"多谢娘子救了大家一命！小生这厢有礼了！"

说得两个人都噗嗤一声笑了出来。

从此以后，全家上下，个个对她尊敬有加，丫鬟们还缠着要她教她们武艺防身，一时间叫她想推也推不开。

无名大铁椎

　　清朝年间，河南青华镇有一个壮士，姓宋名怀庆。这人身材魁伟，手臂上肌肉虬结，相貌威武，是一位外家好手。为了他长得健壮，人们给了他一个绰号，叫他"宋将军"。

　　由于他的仗侠好义，加上武功出众，外面名声很大，七个省里都有人来拜他为师。宋将军很是好客，加上家里有几个钱，所以常常有外地人在他家吃饭，他也总是来者不拒。

　　有一天，来了一个环眼虬髯、狸鼻阔口的丑陋大汉。

　　这人身高八尺，站在那里犹如一尊铁塔。他不梳辫子，不戴帽子，更不穿袜子，只以一方蓝布裹头，脚下包一块白布。随身别无长物，胁下挂一个重约四五十斤的大铁椎。铁椎后拖有一根长达丈许的铁索，盘在腰间。

　　他整日里不与人说话，问他叫什么名字，什么地方人，他总是不理不睬。

　　这人来时，大家正在吃饭，他就老实不客气坐下来，拿起饭碗就吃。他吃起饭来胃口奇大，人家才吃了一碗，他已三碗落肚。酒肉好菜，他从不与人客气，一个劲地往自己嘴巴里扒。有一次一个仆人偷偷数了一数，一顿饭竟然吃了一十八碗，直吃得仆人们背后都叫他"饭桶"。

　　不过话又说回来，他并不缺银子用，收拾他睡觉屋子的仆人就亲眼看见他的床头一个包，沉甸甸的，不少于三五百两。记得来的那天他除了一个铁椎，什么也没有，这银子不知是哪来的。

　　管家的曾偷偷报告了宋将军，说他极可能是个强盗，还是趁早赶他上路的好，免得连累了自己。宋将军不依。

　　这样一住五六天，这天一早，他提了那包银子要上路了。

　　宋将军道："小可穷忙一气，多有得罪，壮士能不能再小住几天，容

宋某略略弥补过失？"

这大汉这才开口说话。他操着一口极浓的楚地口音，道："俺在外听得你好大的名声，只道你真有些什么真玩艺儿，不想没什么大本事。多住了也没意思，俺要去了！"

这话若是放在别人身上，怕不闹出一场打斗？幸亏宋将军天生好脾气，只是笑道："壮士听到的原是些无稽之谈，当不得真，只是小可极喜交友倒是真的，壮士多住几天又有何妨？"

这汉子道："宋将军果然好脾气，俺拿话冲你，你竟没生气。实话告诉你，俺空了时不时的要抢夺些响马的银两来用，遇到不乐意的，俺就随手杀了。他们邀俺当他们的头，俺又不肯，故而对俺恨之入骨，长住在此，少不得会来找你麻烦。今天夜里，他们约俺去牛头山下一斗，了却一场怨仇。俺有事在身，后会有期！" 宋将军道："是个对个吗？" 那大汉道："这倒不是，他们能来多少就来多少，俺是单身一个。" 宋将军道："江湖哪有多人打一人的道理？这样吧，容小可助你一臂之力如何？"

这大汉道："不是俺瞧不起你，你还是不去的好。去了要俺护着你，碍手碍脚的。"

宋将军还是没生气，道："小可知道壮士武功高强，只是双手难敌四拳，小可骑了马去，该出手就出手，不该出手就躲着，决不碍壮士的事，如何？"

那大汉见他再三要求，才说："那么，这样吧，你不要骑了马去，只躲在山上观战，无论发生什么事，千万不要出声。"

大汉的话中虽然处处不把宋将军放在眼里，宋将军好奇心一起，也就一一忍了，满口答应下来。当天夜里，宋将军事先早早躲在山上。到了半夜时光，只听见一声呼啸，不知什么地方突然冲出十几个骑马的勇士，带了百把个手执利刃的人围了上来，为首那人舞刀跃马，高声喊道：

"你这厮也欺侮得我们够了！我哥哥什么事得罪了你，你要杀他？！"

大铁椎并不答话，舞动铁椎从半山上奔了下去，大喝道："看椎！"

他那铁椎舞动起来风声呼呼，只一椎便将马上那人打得脑浆迸裂。众贼人似乎怀恨已久，并不后退，死命围将上来，步步紧逼，看来想与他决

一死战。这大汉也不慌张，从容挥动铁椎，每一收缩间，一椎出去，总有一个人应声倒下。就一盏茶工夫，就杀了三十几个人。

宋将军躲在那里看得一清二楚，那些强盗武艺着实不弱，然而就是胜不了他，心想自己如果身在其中，充其量也只有强盗中人的那么一点武艺，不由地看得胆战心惊。

那大汉见他们兀自不退，杀了腻烦起来，突然一声大叫："俺去了！"加快舞动铁椎，杀出一条血路，如飞一般冲了出去。众强盗没有一个能挡得住他的。显然，他的最后一句，是在向宋将军告别。

自此以后，宋将军就再也不敢收徒习武，只管安安稳稳当自己的田家翁去了。

卖蒜侠

    清朝时，南阳有个杨二相公。这人长得一张团脸，双目炯炯有神，平日穿一件青绸长袍，帽子上镶了块白玉，衣饰打扮像个富家翁。

    别看他这个模样，武艺却十分精熟，尤其力大无穷。在当地从无敌手。

    这天，他在河岸上走，正好押粮官押粮路过，一个在岸上，一个在船上，两人不知怎么一来，争执起来，一言不合，杨二相公正在火头上，道："谅你小小一个押粮官，芝麻大一点官职，敢来老子面前摆大，老子叫你这船过不去！"

    说着，跳下河去，那时正逢盛夏季节，河水枯少，他齐胸站在河水中，一把抓住船尾，"噌"的一声，那船竟然再也走不动。

    那押粮官心里有气，虽然为他的力气所惊，却也骂声不绝。

    杨二不哼不哈，一矮身蹲在水里，双肩抗住船帮，喝声"起"，那只上万斤重的船竟然被他抬了起来，吓得船上一众士兵船夫"哇哇"大叫。

    押粮官高叫道："与我出力用竹篙刺他，刺死了人，由我独力担当！"

    众人听了这话，纷纷拿起竹篙尽力刺去。铁头打在杨二身上，犹如打在石头上一般，而杨二竟纹丝不伤。

    自从出了这件事后，杨二的名声大振，南阳一带，一般年轻人都来拜他为师，请他传授武艺。

    后来越来越出名，他索性在常州设了一个演武厅，早早夜夜在那里习武张扬，好不威风。

    这天杨二相公又在教徒儿们习武，他见外面围观的人人山人海，兴致一高，就索性脱了衣服，自己打了一套拳让大家开开眼界。

    他最擅长的是拳法，靠的是拳、掌、钩、爪，由旋变化，冲，推，栽，切，劈，挑，顶，架，撑，撩，穿，摇十二般手法，打得花团锦簇，

十分好看。

引得观众中一片喝彩声。

这时，一个路过的卖蒜老头，也挤在一边看。他看到热闹处，嘿嘿冷笑道："我只道是有什么真玩意，原来就这么一点野狐禅，也值得这般兴师动众！"

正好被杨二的一个徒儿听见了，狗颠屁股似的跑去报告了师父。

杨二见竟然有人敢小觑他，恼怒异常。

他将卖蒜老头叫到一边，说道："这位老爹，既然你口出大言，必定有什么真玩意。看在你上了年纪，我也不来为难你。现在你看着！"

说着，手起一拳，打在墙上，"嘭"的一声，那堵墙塌了半边。

杨二笑嘻嘻道："我杨二这点野狐禅，你蒜老爹能吗？"

卖蒜老头道："杨二爷打墙果然好身手，怕只怕打不得人！"

杨二气极反笑，道："这么说来，你这个老小子是不怕我打啰？打死了怎么说？"

卖蒜老头道："老汉是一只脚跨进了棺材的人，能以一死成全杨二爷，死了有什么好怨的？"

说着，他解开衣服，露出他那搓板一般的胸膛来。

杨二道："如此甚好。口说无凭，咱们先立个文字，省得死了人官府又来啰嗦。"

卖蒜老头依言立下了生死文书。

于是杨二摆好马步，运气于臂，尽力一拳打去，直取他的胸口。不料一拳击落，向下一滑，正中他的腹部，拳立即被牢牢吸住。而杨二自己，则半边酸麻，再也动弹不得。

杨二这才知道遇到了高手，如果自己再嘴硬，怕有性命之忧了。

他两腿酸软，自然而然跪倒在地，告饶道："我杨二有眼不识泰山，万望老爷子手下留情，饶小人一死。"

卖蒜老头呵呵笑着，不吭声，好一会，估计围观的人个个看明白了，这才一鼓肚子，"砰"的一声，将杨二跌出一丈开外。

卖蒜老头自己则什么也没说，提起那篮蒜头，慢悠悠走了开去。

丢了这么一个大脸，杨二知道在常州再也待不下去，立即收了那个习武厅，解散徒弟，灰溜溜回家去了，从此再不敢谈"武艺"二字。

剑女降白猿

　　湘西的沅江上游一带，崇山峻岭间有一个小镇，镇上郝姓人家特多，因名为郝家坝。由于对外交通极为不便，平时罕有人迹来到，郝家坝俨然"桃花源"一般，纯朴而宁谧。

　　有一年，不知从哪里潜来一只千年白猿，这白猿七尺多高，全身白毛茸茸，眼睛炯炯有光，行走如疾风闪电，攀援悬崖峭壁如履平地。这只白猿还十分"好色"，该地稍具姿色的女子，白猿必乘夜而入，将其蹂躏，而致人神志昏迷，大病一场，有的因病重而死，因而谈猿色变，惊扰不已。

　　有些人家已扶老携幼，迁至百里以外的平地居住。但大多数的人家家业在此，不能说走就走，因而被迫纠集勇敢大力者数人，组成一支队伍，手执利刃，白昼睡眠，夜里则往来巡逻，等到白猿前来，群起攻之。然而，白猿毛丰皮厚，利刃竟不能刺入。面对众人，白猿怒目而视，继而吹出一股腥膻邪气。众人旋即相继仆地不起，翌日醒来还觉昏昏沉沉，七八日之后才能恢复正常。

　　郝家坝有个富人叫郝志全，田连阡陌，骡马成群，一大片庄院，且有宽大濠沟围绕，人口众多，家道兴隆。三个儿子均已成年，一个女儿年才十八，性情温婉，尤精女红，郝家二老既怜且爱，不肯轻易嫁人，是以到了适婚年龄，仍然待字闺中。坝上少年都跃跃欲试，希望成为郝家的乘龙快婿。

　　自从白猿出没以来，郝老夫妇心中惴惴然，深怕女儿为妖猿所害，因而格外防范，除了不让她单独外出，还叫婢媪数人朝夕相伴，夜里与她同榻而眠，以备妖物之惊扰。虽然如此，仍旧逃不过白猿的魔掌。一夜月黑风高，三更刚过，忽然门被重物撞开，婢媪一惊乍醒，见一白猿破门而入，浑身雪白，眼泛绿光，一步一步地接近床幔。众婢媪毛骨悚然，胆怯

者已倒地昏厥，剩下的则尖声呼救。堂外家人及长工闻声而起，霎时间坝上锣声四起，纷纷荷械执枪将闺阁团团围住，高声鼓噪，惊天动地。白猿为眼前的气势所慑，不敢久留，于是长啸一声，就地来了一个一百八十度的大滚翻。但见一团毛茸茸的大白球，疾如闪电地滚过众人的脚边，众人似觉受到猛力推撞，不由自主地一个个扑倒地上，等到爬起身来，白猿已滚出重围逃去，众人四出追逐已不见踪迹矣！

眼看白猿的目标已指向郝女，经过一夜的折腾，众人已经精疲力竭，郝家给以酒食，酒足饭饱之后，纷纷于廊下树阴席地而卧，等待夜里再与白猿一搏。但郝志全却忧心忡忡食不下咽，心想："这一班壮汉，各人都要干农活，不可能一天到晚养足了精神，专门来对付白猿的袭扰。"一时心中惶急，不知究竟如何是好。

这时有人说，百里之外的乾城县内有一位黄生，武艺超群，力能扛鼎。如果得到这人相助，可保无虞！

黄生名庆伦，生有神力，年长时随父兄练习刀剑，颇具功力，数百斤重的巨石，只手托起，行数百步，面不发红，气不发喘。方圆数百里内，没有不知他威名的。

郝志全带领一行人等携带重礼亲往乾城，见到了黄庆伦，一五一十地说明了来意。黄生本想推卸，无奈经不起郝翁伏地哀恳以及众人的激励，而且他也有心看看这白猿到底是一个什么模样，便答允了下来。

救人如救火，于是说走就走，黄生匆匆地携带两柄利剑，随着郝翁马不停蹄地赶到了郝家坝。黄生对郝翁说："妖物来时，在下一人当之，不必敲锣打鼓，亦无须众人助威，人多反而碍事！"看他这样胸有成竹的架势，郝翁自然是一一从命。

黄生在天黑以前首先察看了郝家庄院的四周环境。晚饭过后，正值初秋天气，上弦月冷冷清清地斜挂在西边天际。按照黄生的安排，郝女一人独宿闺房，其他婵媛宿于邻室，外间窗户紧闭，故意启开一门，黄生则倚剑危坐于门后，并嘱咐婵媛说："若妖物来时，切勿高声呼叫，以免打草惊蛇。"

一切安排妥当，夜漏三下，万籁俱寂。忽然一阵腥风袭来，一物昂然而入，黄生瞬间奋起击之，剑及猿身，如遇坚甲。白猿转身来，昏暗中露出狰狞面目，伸出两只长臂作势向黄生扑来。黄生以剑挥舞，白猿以臂抵

之，格格作响。婢媪们没命地惊呼奔逃，外面已有许多人闻声蜂拥而来，但都不敢近前，只能在外头狂呼为黄生助威而已。人猿苦战许久，双方都未占到便宜。等到鸡声初唱，曙光浮现，白猿不敢恋战，突围而去。黄生紧追不舍，一剑砍去，触及猿背咚然有声，仅斩断其白毛数根。

第二天晚上，黄生仍然危坐闺房门后，心中猜想白猿不一定会再来骚扰，乃挑灯展卷以消岑寂。不料夜阑人静后，忽觉身后有物飞来，急忙反身以剑格之，骤见白猿已现身背后，不知从何处弄来一把钝锈的铁剑，觑准了黄生的背脊，蹑手蹑足地一剑刺来，幸亏黄生警觉性高，而未遭暗算。

白猿只是使用蛮力，谈不上什么招式。黄生虽然屡屡攻其破绽，然而由于白猿仗恃皮毛坚厚，因而酣战终宵，仍无法给白猿以致命的打击。一连三夜下来，黄生已经疲惫不堪，而白猿却依旧是精力充沛。这样下去，黄生势必体力不支而为白猿所挫，因而不得不向郝翁提出警告："在下已竭尽所能，始终无法取胜，若长此下去，必将为妖物所伤，我自己死不足惜，只是怕无力保护令嫒！"

实情也的确如此，郝翁见黄生憔悴模样，非常过意不去，一面交待家人刻意预备一些滋补食品，好生侍候黄生，一面火速派人出山，四处张贴告示："郝家坝白猿肆虐，有高人能除之以安乡里者，当以千金为酬。"许多人看了，虽然都对千金重赏心生艳羡，然而自忖无此能力，所以无人自荐。

正在郝翁发愁之际，有一女子登门求见。郝翁连忙出厅相迎，只见一红妆少女，年龄与女儿相仿，秀婉轻盈，举止娴雅，一见郝翁便说："我叫秀妹，听说有妖猿作祟，特来相助。"郝翁闻言大喜，可是看她荏弱之身，怎能担此重任，心中狐疑不定，于是请黄生出来询问。

黄生看这女子眉宇之间，隐隐然有英爽之气，便问道："请问秀妹有何技能？"

秀妹答道："薄技远不如公子，特为年轻好事，不能自禁，虽不足与妖猿为敌，终能助公子一臂之力。"

当天夜里，黄生仍佩剑坐门后，秀妹则逡巡窗下及帏侧。夜静风动，白猿掩入，黄生正要拔剑刺入，忽听秀妹朗声笑道："妖猿还认得我吗？！"

白猿见到秀妹似有所惮，转身一跃而出。秀妹站在阶前连连挥动工手，只见五道白光飕飕应声而去，疾如闪电，矫若游龙，尾随白猿旋转。

白猿瞥见白光大骇惊叫，而白光始终尾随白猿旋转不舍。待到白猿跳越壕沟，没命地落荒而逃，五道白光竟接连返回秀妹手中。秀妹转身对黄生说：“唉，今晚又被这厮逃脱了！”

黄生明白秀妹的武技胜己百倍，心中不由得肃敬几分，问道：“秀妹，你以前曾遇此猿？”

秀妹答道：“这妖猿过去居住嵩山之侧，害人少女无数，我以柳叶剑击之，因其皮厚不得入，只有颈项尚留有疤痕在。此猿唯一可击的弱点在咽喉部位，刚才它逃跑时，双臂紧护颈项，所以始终无隙可乘也。”

黄生嗫嚅道：“柳叶剑可借我一观吗？”

秀妹爽快地说：“有何不可！”便把五支柳叶剑一齐交到黄生手上。但见长不及二寸，状似柳叶，尾系红丝绳寸许，晶莹如玉，实际就是一种剑型的暗器，特别之处是在其能追随目标物旋转不已，且能像飞盘似的自动收回！

秀妹待黄生递还柳叶剑，对他说：“今晚看来不会有事了！但这妖猿其顽特甚，不达目的，至死不休。明晚定会再来，可乘机除之。”秀妹继续说：“明晚公子仍坐门后，我藏在帐内，白猿见我不在，定与你相搏，我则自侧觊隙直取首级，或许可以成功。”

果然不出所料，白猿冥不畏死，仍然如期前来。见黄生独处室中，遂了无顾忌地直扑帏幔。黄生奋力攻击，白猿根本无动于衷。待至揭开罗帏，秀妹一跃而起，五支柳叶神剑一齐出手，直刺咽喉。猿头倏忽断落地上，苍黄色的血液大量涌出，腥臭难闻，转瞬间已气绝矣！

妖猿已除，郝家二老欣喜万分，整个的郝家坝居民莫不额手称庆。众人把白猿抬到空场上燃火焚烧。郝翁拿出千金酬谢秀妹。秀妹婉言谢绝，说：“诛此妖猿，多赖黄公子之力，我只身飘泊天涯，又无田庐家室之累，何需坐拥多金。唯黄公子少年英俊，且行侠好义，诚不愧为不可多得的英雄人物，令嫒尚且待字闺中，何不选作东床快婿，闺阁弱女得此伟丈夫，自可勿虑外侮之相侵矣！”

郝翁认为言之有理，而黄生和郝女这几日已生情愫，这事就这么定了。

郝家庄院内张灯结彩，黄生亦禀明父母，鼓乐喧天，两位新人举行婚礼，全坝的人都来庆贺，一直闹到深夜。酒宴后，人人各自安歇。翌晨起床，侠女秀妹已不告而别了！

女侠韦十一娘

程元玉是安徽亳州人，经商多年，常来往于宝鸡与汉中之间。一天，他由汉中北返，道经秦岭山下，在一酒店用饭，忽见一位年约三十许的妇人跨驴而来，入店择座沽饮。这妇人长得有几分姿色，酒店里的人一个个都盯着她看，只有程元玉目不斜视。不一会儿，只听那妇人和店主争执起来。妇人说："适才仓促出门而未带银钱，日后过此自必如数照付，区区小数目，何必如此计较。"店主坚持不允，妇人为之羞红满面，窘迫不已，众酒客讪笑哗扰之声此起彼落。程元玉实在看不过去，走过去对店主说："这酒钱由我代偿。"

少妇拜谢了程元玉的盛情，说道："妾韦十一娘也，在秦岭一带武林道上尚小有名气，倘途中遭逢困难，可大呼妾字，将可逢凶化吉。"说罢出店跨驴径去。

程元玉心想："这个妇人好大的口气，一杯酒钱尚不能付，安能为我防患。"并不将她的话放在心上。

饭后，程元玉由旧日栈道向北而行，一路山清水秀，渐入群山环抱之中，忽见一队人背着行囊由后赶来，程元玉正担心自己一人独行容易出事，便跟这帮人结伴而行，打算在日落前赶抵杨松镇投宿。那队人中有人说官道太过迂回，傍晚恐难抵达镇上，另有捷径可节省途程二十里。程元玉欣然与众人循捷径而行，一开始路还算平坦，渐渐地，只见危崖耸峙，山径崎岖，程元玉心中大恐，可是已无别的路可退，只好一步一步走下去。

在一处深谷中，同行的那伙人忽然露出了狰狞的面目，一个个抽出利刃，一步步地向程元玉移近。程元玉连忙翻身下马，打躬作揖地说："囊中所有，尽管携去，唯鞍马衣装恳请留下。"

众暴客将他身上所带钱物尽数掠走后，呼啸而去。程元玉正在怅望

回路，想找原路而回，等回过头时，马匹也不知去向，如今真个是孑然一身了；眼见山中天色将黑，进退失据，不知如何是好，忽然想酒店中妇人所言，乃引吭高喊："韦十一娘救我！"一时山鸣谷应，到处回声响成一片。

喊声甫落，程元玉意欲再次呼喊，又担心那些暴客转回头来对他不利，正踟躇间，忽闻树梢林间簌簌有声，程元玉大为惊骇，转瞬间只见一个青衣少女像飞鸟般跃下山径，说："我名叫青霞，是韦十一娘的弟子，师知公遇盗，特来奉慰，她在前冈相候，请随我来。"

在这种节骨眼上，根本没有选择的余地，程元玉只得跟随青霞前行。大约半里许，即见那位韦十一娘坐在巨石上。她见程元玉一脸惊悸，便笑嘻嘻地说："妾有事不在，累君吃惊受罪。君不必顾虑财物马匹，明日自当璧还，敝庐离此不远，请暂住一宿，此外茫茫前路，并无可以栖身之处。"

程元玉唯唯允诺，遂随二女前行，不多久程元玉已经体力不支，汗流浃背，气喘吁吁。韦十一娘与青霞一左一右扶掖着他，攀藤附葛而上，好不容易登上峰顶，总算看到了一块岭顶平地，数间茅屋。屋前屋后，古树枝桠，奇花异卉，香气四溢，绝尘拔俗。这时一位白衣少女捧出茶果饭菜。韦十一娘介绍说："这是小徒缥云。"

折腾了一天，程元玉已是饥肠辘辘，一见饭菜，狼吞虎咽。酒阑饭罢，程元玉谢过款待，对韦十一娘说："倘若不是夫人相助，后果真是不堪设想！"

韦十一娘答道："些许蟊贼，何足挂齿；日间在山下我见君面色不展，知有近忧，故佯作缺乏酒资，看君能否加以援手耳！"

程元玉对剑侠早有耳闻，只可惜无缘交往，如今既然有机会面对侠女，也不顾冒昧了，问道："夫人，可否让我见识一下你们的剑术？"韦十一娘沉吟片刻，对两位女弟子说："既然程公想看剑术，你们就练练吧。"

青霞与缥云应诺而出，韦十一娘领程元玉来到屋外，坐在青石上观看。只见二女一抖霜刃，彼此互相击刺，你来我往，上下翻腾；一开始尚可见人影，渐次加快速度，只见白光飞绕，融成一片，人剑不分，只看得程元玉眼花缭乱，目不暇接，正自惊异间，二女恰似四两棉花一样翩然而

下，面不发红，气不发喘，盈盈为礼，口称："献丑。"程元玉不由得盛赞："神乎其技，今日才得大开眼界。"

第二天一早，韦十一娘命青霞护送程元玉下山，走到官道时对他说："你的财物马匹，已经在前面大松树下相候，恕妾不能远送，此去大可放心就道。"二人相揖而别。

程元玉前行里许，果见道旁有一株合抱的松树，松阴之下，昨日同行之众人席地而坐，马匹无恙，财物俱在，见程元玉由远而近，众人起立为礼，十分恭顺。程元玉想给他们些许财物，众人坚持不受，说："韦十一娘命令我等璧还，分毫不敢取也，否则有性命之忧，谁也不敢拿大好头颅来开玩笑啊！"

一路平静无事，不久到了宝鸡，辗转返乡，闲下来的时候，程元玉时常想起秦岭道中香炉峰顶的韦十一娘，不胜驰念之至。数年后怀着一丝迷茫的情愫，再经秦岭道上，要想入山寻觅往日游踪，无奈山林茂密，云雾缭绕，竟然难觅香炉峰之所在，于是惆怅出山，经褒城南下，欲往蜀中一游，再沿江东下，返回故乡。

一日行栈道中，遇一对年轻夫妻憩息道旁，那女子目光炯炯然凝视行人。程元玉暗忖："此女好生面善，好像在哪里曾经见过。"正想着，只听女子遥呼道："程公何往，记得青霞吗？"

原来是昔日的救命恩人青霞姑娘，遂互相见礼，畅叙别后情状。青霞告诉他自己年前奉命嫁此读书人，缥云也已经嫁人了！

程元玉追问："你们都走了，令师不会感到寂寞吗？"青霞答道："师已另招弟子，我与缥云也经常前去探望。这一次我就是奉师命前往蜀中办件大事！"

几天后，程元玉因事翻越剑门关到了蜀地，在广元途中闻听道路传言，蜀中某显宦贪赃不法，已于昨夜暴卒。程元玉心想："这或许就是青霞奉师命干的大事。"

小 师 妹

  清朝同治年间，武昌有一个名叫梁芷香的文人，年纪才二十岁出头，生得雍容尔雅，甚是潇洒。虽然也从小习过武，但对武术这一行不甚热衷。

  这年秋天，梁芷香约了三个朋友北上京城去赶考，四人雇了辆驴车，一路谈谈说说，倒也不觉寂寞。

  这天进入山东境内，那车夫贪图赶路，竟错过了宿头，又走了一会儿，已是日衔西山，暝色苍茫，暮烟四起。不久来到了一处荒林旷野，四下一看，周围再不见人迹。四个读书人正在埋怨车夫，说今夜只好宿在车里了，蓦地，丛林中"嘘——"一声，一支响箭迎面射来。蹄声得得，一匹马疾驰出林来。这是一匹高大膘肥的良驹。马上一个二十岁上下的汉子，红巾裹头，身材魁伟，高挽两袖，手臂上肌肉虬结，相貌威武，目光炯炯。这时，四个书生都已跳下车来，站在车前。这汉子声若洪钟，道："请把车中财物全部留下。杀人嘛，平白无故的，都免了吧。"梁芷香不动声色，微笑着对强盗说："你们一伙有几个人？怎么这般不怕死？"那强盗见他有恃无恐，也不回话，只是搭箭上弓，想将他的帽子射下来吓他一大跳，就拉开弓"嗖"的一箭射去。梁芷香伸手一抄，箭已落入手中。那强盗吃了一惊，连忙搭上三箭，"嗖嗖嗖"三声，后箭衔着前箭，连成一线射去。梁芷香还是不慌不忙，伸手一一接在手里，说："就这么点本领吗？还有什么，统统拿出来吧！"

  那强盗自知不是梁芷香的对手，一言不发，拨转马头就走。但才跑出几步，只见梁芷香手一扬，握在他手里的一支箭已被他当作甩手箭甩了出去。这箭疾如流星，劲头好大，噗的一声整支箭直没入马肚。马狂嘶一声，直立起来。这强盗也端的好身手，只见他一按马颈，自己已像一只大鸟似的飞越马身，直向前纵出两丈以外，头也不回，三蹿两跳进树林里去

了。那马咕咚一声跌翻在地，抽搐几下，立刻断气。

众人见梁芷香这么一个文质彬彬的书生，居然有这么好的身手，忍不住喝起彩来。接下来，众人就地睡下过夜。

偏偏这天夜色甚好，明月千里，清澈如昼，只有十来颗疏星闪动。再看这旷地，满地细草茸茸犹如绿地毯，高不数寸，齐如裁剪，无一参差长短的。若没有不远处那匹死马，原是赏月的好场所。

众人刚和衣睡下，忽听得蹄声得得，有三匹马疾驰而来。众人知道来者不善，善者不来。梁芷香道："不用担心，大家躲着别出来，当心被箭头误伤了。"

这时，三骑已到面前，月光下清清楚楚，左右两个是彪形大汉，中间一个却是个十六七岁的姑娘。只见这少女容貌秀丽之极。她肤光胜雪，双目犹如一泓清水，眉目间隐隐然有一股书卷的清气，气派甚是清雅高贵。只见她身子一动已飘然下地，启朱唇，发皓齿，缓缓道："刚才是哪一位伤了我部下的坐骑的？请他出来说话。"梁芷香道："正是区区在下，姑娘打算怎么样？"这少女道："也不怎么样，你有什么本事尽管使出来。本姑娘接得下，你们自将钱财放下，自己走路；若是本姑娘栽了，那么要杀要剐悉听尊便。"

梁芷香刚才见她下马的姿势，知道这姑娘年纪虽轻，却武功远胜自己，极不好惹。她说不来攻自己自然最好，就说了句"那么在下放肆了"，搭上箭，拉满弓弦，"嘣"的一声，箭却并未飞出去。别看只拉了一下空弓，其实这种虚中夹实、实中套虚的射法，练习时极不容易。那姑娘一动不动站着，道："你不用玩什么玄虚，只管射来就是。"梁芷香本不想伤她性命，只想能吓退她最好，所以准头稍偏，一松手，第一箭已如流星赶月般飞去。这女子毫不在意，只将纤手一抬，这箭便乖乖儿落入她手中。梁芷香一连放了三箭，三支箭都先后到了她手里，犹如他用手送去她用手接过一般。

梁芷香见她这般好手段，不由得吃了一惊，暗忖如果我不施些绝技出来，怕真会被她笑话，心里这么一想，已将一把箭抄在手里，嘴里叫声"小心了"，"嗖嗖嗖嗖"一连九箭射去。只见箭带劲风，按上中下三排、每排左中右二支飞去。这种射法极为厉害，俗称"九头鸟射法"，寻常习武人遇上了很少有不受伤的。梁芷香一时兴起射出，射完了已在

后悔：这么个如花似玉的美人儿，无怨无仇的，自己下手是不是太狠毒了点。谁知这姑娘伸出左右两手，左四支，右四支，八支箭连接连甩向地面，最后一支竟微张樱口，"噗"的一声咬在嘴里。再看地下时，八支箭一字儿排开，犹如插香一般，连左右间距都丝毫不差。

梁芷香心中大骇，硬着头皮道："果然有一手，咱们再试试姑娘的兵器。"说着，舞动铁棍，迎了上去。这姑娘躲闪了几下，笑道："一味闪避也不是待客之道，恕小女子掏武器了。"这姑娘去后腰一摸，掏出一把极短极薄的匕首出来。看上去不会长于三寸，其薄如纸。她一刀在手，已不闪躲，反而在梁芷香的棍影中蹿来纵去，步步紧逼。突然，梁芷香手头一轻，他的铁棍已刷的一声断了一截。他吃了一惊，手还来不及缩回，刷刷两声，铁棍又断去两截。手头已只剩下半尺左右的一截顽铁。他狼狈已极，连连后退。只见这少女如影随形跟定他，匕首在他上下左右盘旋翻飞，寒凛毫发，头发眉毛在簌簌下掉。

蓦地，这少女住了手，将手一招。那两个大汉过去，老实不客气地将车中人赶出，提起他们四人的川资银两，一跃上马，呼啸一声，三骑得得，刹那间已走了个无踪无影。

直到这时，三个书生才嘘出一口气，过来安慰梁芷香道："梁兄这么大的本领都不是他们的对手，咱们今天能捡得这条命已是万幸。看来老天是不要我们上京城应考吧。"梁芷香摇摇头，不吭声，心想凭这姑娘的本事，即便他爹亲来，也讨不了好去。真不知这姑娘小小年纪是什么时候学的本领。

正说着，马蹄声又起，三骑去而复返。

梁芷香心里不免有些紧张："他们还要干什么？莫非还要杀人灭口吗？"

放眼看去，只见三匹马在十丈开外一齐停住，那少女接过左右马上的两只包裹，飘然下马，双手提着走了过来，走到梁芷香面前，放下包裹，道：

"梁大哥万福，小妹梦女有礼了。适才不知是梁大哥，多有冒犯，小妹这里谨向梁大哥及各位相公谢过，还盼恕过不知之罪。小妹一直到打开了包裹才看见包布上梁大哥的大名。说来小妹原与大哥有同门之谊呢。梁大哥这是上哪儿去？"梁芷香苦笑道："原来还是师妹，小生是有眼不

识了。川资能还给我们已足感盛情。我们几个是读书人，还能去干什么，自然是应考，以后混口饭吃罢了。"梦女摇摇头道："去做满人的官，为虎作伥，不值……梁大哥一表人才，何必多此一举？"梁芷香不禁心中有气，硬邦邦道："师妹若不赞成愚兄所为，银两要取走还来得及。"梦女一笑道："小妹不是这个意思，梁大哥别生气。人各有志，小妹也不便多劝。梁大哥若还认我这个师妹，回来时可来小妹处盘桓几天，小妹将有一书相赠。到时梁大哥只要再在此处挂起红灯就是。这点小礼赠予梁大哥压惊。"

说完取出另一小布包放到草地上，旋蹿上马而去。包中是金锭十个。

梁芷香又喜又愧，思索了半天，想不起自己会有什么师妹。

以后路上倒一路平安。进京后，梁芷香竟一考中榜，做了官。事后长住在京，再不回家；当然更不会再去找这位师妹了。只可惜不知道她要赠他的是本什么书。也许，这将成为永久的谜了。

见《古今武侠故事奇观》（4册）严振新、李瑞锋，福建少儿出版社，2011

逃难少女

　　清朝同治年间，上海一个姓金的老板开了一家洋行。这家洋行雇的一个保镖姓杨，排行第八，人称"铁掌杨八"。

　　说起铁掌杨八，在当时上海很有些名气。他长得紫面黄须，豹头虎眼，又高又肥，直似金刚转世一般。

　　且说这年连日大雨滂沱，淮阴一带河水泛滥成灾，许多难民一窝蜂地逃到上海来。

　　有一个年仅十五的少女也在难民中。这姑娘虽然淡妆，却出落得十分齐楚：只见她身材匀称，长短合度，圆圆的脸蛋，一双大眼乌溜溜的，煞是好看。

　　正巧这天金氏洋行开宴演戏款待杨八他们，屋里煞是热闹。于是难民一群接着一群地上他家去乞讨。

　　门口打发赏钱的是杨八的徒弟孟小阴。

　　这家伙长得瓜头枣脸，鸱目虎吻，十分的狡诈好色。

　　他见这姑娘也上前来讨钱，就涎着脸，道："凭你这么一个如花似玉的脸蛋儿，讨什么饭？若肯跟了你家小爷，保你一世吃穿不愁！"

　　这姑娘怒道："你这样风言风语的是想调戏我是不是？快快拿钱来！"

　　孟小阴贼忒忒兮兮笑道："你若答应跟你小爷，何必再要布施？你若不答应，人家十文你只能得一文。"

　　说着，取出一个铜钿来搁在她的手掌上，顺势在她白皙的手腕上摸了一把。

　　这姑娘大怒，翻手一掌，正中孟小阴的嘴巴，直打得他一口鲜血喷出，嘴里落下七八颗牙齿来，吓得连滚带爬着逃进屋里去了。

　　这姑娘叫道："这户人家为富不仁，以势压人，不但戏弄人，还要行

为不规。今天不拿出一千文钱来，我就不走了！"

说着就大模大样在门槛正中坐了下来。

众仆人原来都嘻嘻哈哈站在一旁看热闹，待见她轻轻一掌打落孟小阴这么多牙齿，这才知道不是好惹的，各自退开几步，站得远远的，再不敢近前。

这时洋行正在进糖。孟小阴被这姑娘一掌打得七荤八素，怀恨在心，心想自己学的这点三脚猫功夫远远不是她的对手，就捂着嘴巴从后门溜了出来，如此这般与背糖的脚夫头子说了。脚夫头子马上心领神会，立即吩咐下去。

再说这小姑娘才在金氏洋行的门槛上坐了一会儿，忽然看见远远一队脚夫过来，每人肩上扛着一袋重一百七八十斤的麻袋。那几个脚夫都是奉命来的，又见她是个娇憨美貌的小姑娘，如何会将她放在心上？只是装作没看见，低着头不哼不哈地一步一步挨上前来，等到走到她面前时，假装拿不稳步子，一个趔趄，"啊呀"一声，将肩上那袋糖重重地向她身上砸去。

这姑娘早看在眼里，叫道："怎么样，铜钿不肯拿，给糖姑娘我可不要！"

嘴里说着，手里也没闲着，双手运劲，借力一送。只见偌大一麻袋糖平平飞起，"砰"的一声，落在三丈开外的金鱼池里，溅得水花一片，白蒙蒙的煞是好看。

随后上来的脚夫见这么一个娇弱的小姑娘竟有这般能耐，不由得童心大起，一齐排了队上来，纷纷将糖袋扔过去。第一袋才推开，第二袋已至，只听得金鱼池里"砰砰嘭嘭"声大作，水花溅得大天井里白茫茫的一片。

大厅距离大门足有五丈，里面吃喝正在兴头上，吆五喝六，热闹非凡，压根儿没听到外面出的事，猛然间黑乎乎一件巨物平平飞来。客人们尖叫一声，一缩身子，"轰"的一声，汤水四溅，碗盏齐飞，一袋糖结结实实砸在酒席桌上。

杨八正趾高气扬坐在上位高谈阔论，偏着个脑袋没看清楚，待听到声音时已溅了他一头一脑的汤水。

他气得哇哇大叫，骂道："王八羔子的熊，谁在这里放肆？老子今天

不叫他折条胳膊不是人！"

他将手一按桌子，人像一头大鸟一般飞过众人头顶，跃出天井里来，边叫道："哪个吃了老虎心豹子胆，敢到这里撒野？！"

这姑娘迎上一步，道："你们这么一班大男人，欺侮一个孤女，羞也不羞？"

杨八到这时才看清楚，原来只是一个美貌少女，他眼看她能将近二百斤重的糖包推得远远的，不敢托大。

他心里想："这小妞天生神力，我只以巧破她！"

他原打算边说笑话边施偷袭，乘她不备一掌打翻了她。谁知，他刚右手一掌拍出，就被这姑娘一低头躲过，顺势左手在他右臂肘弯处一拂。他顿时感到一阵酸麻，来不及回过神来，又被这姑娘右手一掌击中胸膛，水牯牛大小的一个身躯平飞起来，"嘭"的一声，跌坐在三丈开外大天井围墙边一只旧柜台上。这一掌力道大得出奇，柜台"喀嚓"一声碎裂，他则菩萨一般呆坐其中，闭住了气半晌下不来。

再说在场的上百个人见这少女一掌之间就打得赫赫大名的杨八如此狼狈，哪里还敢小看她？

金老板立即叫人捧出一百两银子，上前道："姑娘好身手，金某有眼无珠，该死！该死！这几两银子算给姑娘压惊。姑娘能不能在本行领个闲职？"

这姑娘老实不客气地收下银子，道："你们欺负人，这压惊的银子嘛，当然要收。至于说要我留在这儿当保镖，嘿嘿，本姑娘可没有这般好兴致。"

说着，噔噔噔走了出去。

铜头僧摆擂比武

　　德州原先有个村子叫有益村。据说，村里曾经有个大寺院，寺里有几十个和尚，香火兴盛。可是，就在这佛门净地前面不远处，偏偏有一个姓顾的开起了一家包子铺。这个包子铺成天杀猪宰羊，灶房里蒸包子的香味扑鼻，直往寺院里面刮，惹恼了寺院里的住持。

　　这位住持不但熟谙经典，而且武艺高强。他左思右想，只有让包子铺关门，才能给寺院除了这一祸害。琢磨了一阵，便叫徒弟在寺院旁边筑起个台子，然后找到包子铺的掌柜说："我看咱两家得赌一赌啦！"掌柜的吃了一惊，说："哎呀！师父，你念你的经，我卖我的包子。咱井水不犯河水，赌啥赌？"和尚说："我问你，寺院是不是修真悟道、讲经参禅的地方？"掌柜的连声应道："是呃！是呃！"

　　和尚说："你在寺院前面开了这么个包子铺，闹得寺院里没有安静，我们出家人，一心修行，五戒中第一戒，就是不杀生，可你却成天在寺院跟前杀猪宰羊，这不是跟寺院作对吗？"掌柜的愣了好半晌才吐出了一句话："师父，你这话未免太重了吧？"和尚说："不重，不重。实话对你说吧，台子我已经筑好。我摆擂台，你尽管请能人来打。在一百天内，要是打不过我，你那包子铺就得关门；要是我输了，我十年不进寺院的门。"

　　掌柜的没法说服和尚，只好答应了。掌柜的知道和尚有一身好武艺，就东请西求，请来了会武艺的能人。可是比来比去，打了九十九天都没有人打得过和尚。眼看着包子铺就要关门，掌柜的愁得像害了病，整天耷拉着头，唉声叹气，没有精神。

　　这天，他对雇来烧火的老头说："我给你几个钱你走吧，明天这个包子铺就得关门啦！"老头奇怪地说："这么兴隆的买卖为什么要关门？"掌柜的长叹了口气，说："我跟寺院和尚的赌赛输了，明天就是一百天，

不关门有什么法子？"老头笑笑说："这样吧，明天我去招呼招呼他，跟他比试比试看。"掌柜的听了，直摇头，说："这怎么行？我请了那么多有本领的好汉，都输给了他。"老头说："明天看吧。"

第二天，和尚早就等在擂台上了，四周看热闹的人围了一大圈。老头当真去了。只见他仍旧是烧火时的那套打扮，青粗布裤子，蓝土布褂，不紧不慢、一步一步登上擂台，拱拱手说道："师父！今天咱俩来比试比试吧！"

和尚见了，笑道："哎呀！这掌柜的真是开玩笑，你这么大的年纪，胡子一大把，瘦骨拉筋的，来打什么擂台？常言道：'留情不举手，举手不留情。'我的手重，要是伤了你，那不叫人笑话。"

老头说："你这和尚，全没些眼力，怎么能从门缝里看人。俗话说：'人不能貌相，海水不可斗量。'你别看我岁数大，可是筋骨强，哪儿不如你？不信咱们就试试！"和尚想：这老头太自不量力，我得露一手让他看看，叫他跌个跟头也学点乖。便问："你一定要见个上下吗？"老头应道："一定要见上下！""果真要比试？""果真要比试！"和尚说："行！咱就比吧！"老头问："咱怎么个比法，文打还是武打？""文打怎么的，武打怎么的？""武打就是你一拳我一脚，或是动家伙打。文打是不动刀枪，我出个法，你能破了，就是你赢啦！你出个法，我胜不过，就算我输了。"

和尚说："那咱就文比吧。你岁数大，你先出吧！"搭擂台的时候，立起了一根槐木柱子，老头要了根两寸长的铁钉子来，用手一下子就按进了柱子里，说道："你用手能把钉子拔出来，那就是你赢了。"钉子入了木，结实得跟长进去的一样，再说连个头也不露呀！和尚的手抠出了血，也没能拔出来。他看看自己的手，深知自己的武功不如老头。服了！当着那么多看热闹的人，和尚脸一阵发热。他下了擂台，说了声："十年后再比高低！"说完，甩开大步，头也不回地往东南方向去了。

日赶月，月赶年，很快十年过去了。这时，老头已经老啦。这天和尚回来了。他像铁塔一样在包子铺大门前一站，说道："我就是这寺院里的住持，十年前搭擂比武的就是我，那年我败了，今天咱还得接着前碴，再来比试比试。"

掌柜的听了大吃一惊，连忙去招呼老头出来。老头拄着拐杖走了出

来，和尚一看愣住了。十年的工夫，老头真是老了，背也驼了，腰也弯了，胡子也白了。没等老头开口，和尚便说道："我本来想跟你比武，看你这样老了，也不想再跟你比武啦。只是有句话得说说，天外有天，人外有人，我这十年的工夫，是出去拜师学艺啦。"说着，歪头看看，见大门旁边有个石碾盘，便走过去，胳膊朝碾砣子那么一伸，手就插进石头里面去了。

掌柜的瞪大两眼，吓呆了。

老头走到和尚跟前，说道，"你说得对，强中还有强中手，能人以外有能人！我服输了。"

掌柜的明白过来，忙说："师父，明天我就把包子铺关了。让师父安静修行。"

和尚说："这次回来，我不是为了争这口气。你的包子铺，也不用关门，我也不回寺院。现在洋鬼子打进了中国，我得跟大家一起去保江山！'国家兴亡，匹夫有责！'没有国家，僧人怎么能度人脱苦，更修不了无量寿身，这僧俗都是一理，只是有一个条件，我有些俗家徒弟走到这里，吃包子你不能多算钱！"

掌柜的欢喜地答应了。

这和尚上了平原，跟朱红灯一块闹起了义和团。据说他就是铜头和尚，是当时义和团里很有名的领袖之一。

霍元甲赤手战群凶

　　清朝光绪年间，天津强子河边的海光寺内设有一家洋人办的兵工厂，是专门造枪筒子的。所谓枪筒子，就是洋枪。

　　一天，厂门口来了一个五十多岁的小贩，挎着篮子，叫卖花生。忽然围上来五个精壮汉子，要买花生，那时小贩惯用抽签的办法，为的是多卖几个钱，那几条汉子连抽几次都没抽上，一生气，起哄把篮里的花生都抢光了！小贩发急啦，说："我家有八十岁的老母，还有老婆孩子，全靠我卖花生糊口，被你们抢了，叫我一家子喝西北风吗？"那些家伙睬也不睬地跑进厂子躲了起来。小贩走到厂门口找人要钱，被门人连打带骂轰了出来，就蹲在门口啼哭。

　　这时，正巧霍元甲路过这里，他上前把老汉扶起，问道："老大爷，为什么哭啊？"小贩一五一十地把经过情形诉说一遍。霍元甲一听，顿时怒气冲天，对小贩说："走！跟我去要钱！这帮人借洋人的势力欺负咱们，咱们不答应！"小贩不敢去，霍元甲说："不用怕！有我呢，他们不给钱，你就骂街，骂出事来我一个人顶着。"

　　小贩这才斗起胆子，重又走到门房要钱，门房照旧不理，小贩就扯开嗓门骂起街来，看门的火啦，大声喊道："你这小子胆子可不小，竟敢骂街，来人哪！快来打这穷小子！"

　　话音未落，"哗啦"一声，从里面冲出了十来个彪形大汉，要打人，小贩一看情势不妙，扭头就跑。霍元甲抢先一步，拦住众人说理。众人不理，直奔小贩。霍元甲一伸手就撂倒了两三个，于是众人就把霍元甲团团围住，你一拳，我一脚向他打来，霍元甲步活身灵，东躲西闪，一下也没挨着，他边打边退，退到强子河边，这样就不再是四面受敌，形成了三面应敌的阵势，以得反击。

　　霍元甲精神抖擞，越战越勇，使出了看家本领霍氏短打来。只见他指

东打西，左晃右旋，眨眼工夫，对方就趴下了七八个。这时，有人回厂里叫来不少人，都拿着枪筒子。霍元甲见状，立即脱下棉袄当武器，施展开空手夺白刃功夫。二米来长的枪筒子，被棉袄卷着就脱手。霍元甲打着打着，把所有的枪筒子都夺下，统统扔进河里。这帮家伙吓得傻了眼，站着不敢动手了。

这时，有人把厂里管事的叫了出来，管事的一看，对那帮人瞪起了眼睛，呵斥道："你们胡闹什么！你们不认识吗？这位是小南河的霍元甲——霍四爷！快干活去吧！"转头赔笑向霍元甲说："四爷！请屋里坐，有事好商量。"

进了屋里，霍元甲把事情的经过叙说一遍，义正词严地责成他们向小贩付钱赔礼。管事的一一照办。小贩谢过霍四爷，高高兴兴地回家去了。

韩慕侠智胜康泰尔

1908年4月7日这天下午，北京中央公园在"五色土"那儿搭起了一个大台，四周黑压压地围着一大片人。台上立着一个足有两米以上，大腿像水桶般粗的人。两旁四十个精悍威武的壮汉，把一条粗大的铁链子绕在这人的脖子上，各拿一头，两下一拉，就像拔河似的。看热闹的人张大了嘴巴都呆了。

台上拉了多时，那人纹丝不动，只听他"嗨"一声震耳欲聋，又猛地一使劲，身子这么一扭，哈哈，左边二十个人都像喝醉了酒——一个个东倒西歪，跟跟跄跄；那右边的一半呢？全趴在地上。四周响起一片喝彩声和惊叹声。

在这呼唤声中，台后走出一个人，十分精瘦，西装革履，鼻梁上架副金丝眼镜。他先向台上的大个子鞠个九十度的躬。叽里咕噜讲了几句外国话，然后走到台前，向观众们又点了一下头，高声叫道："先生们！女士们！大家有所不知，此乃是俄国有名的'震环球'——康泰尔先生。他力举千钧，惊天动地，能弯曲钢轨，扭断铁条。刚才的表演大家都亲眼目睹了，可见康泰尔先生真不愧为力大无穷的世界第一大力士。去年，康泰尔先生进行了环球旅行，每到一国就摆擂比武，他打遍了澳非欧美等四十六个国家，均无人能敌。康泰尔先生这才来到第四十七个国家——我们中国。决定在这儿摆擂一周，若有能人，请上台来较量较量，凡能打中一拳或踢中一脚者，可得到五十卢布的奖金；如能将康泰尔先生打倒在地，便可得金牌一块。"这小子一说完，就抖出了一块二尺见方的黑色金丝绒布，上面别满了各式各样大大小小的金牌，阳光一照，那真是光彩夺目。据说康泰尔打遍了四十六国，还从没输过。

听瘦小子一说，人们你一言我一语地议论开了。有的说："康泰尔这小子太狂妄了！"有的说："咱们中国肯定有人会替咱出口气！"有的则

说："来不及了！今天是他摆擂的第七天，明天他就要溜了。"

还有人指着当天的报纸说："你们看气人不气人，这都是说的啥呀！"原来那些帝国主义派驻清政府的外交官们，更是得意忘形地说："若是当初都招了像康泰尔这样的人，八国联军说不定仗也不用打，至少是不会吃义和团那么多亏了。"

更加令人气愤的是，报纸用"威镇环球，摆擂比武，全中国无人能敌"的标题大加吹捧，使观众群情激怒、义愤填膺。

正在这时，只见一个人"腾腾腾"大步跑到台前，"噌"一个箭步跳上了台。翻译一愣，仔细一打量，只见来人中等身材，一张方脸，脸色黝黑，浓眉托目，鼻梁刚直，口似一字。这人上前抱拳行礼道："我是天津市南开大学武术教师韩慕侠，今前来与康泰尔较量武艺，你与我报去。"

却说康泰尔一见有人来和他比武，斜睨着眼睛打量了一下。心想：这泥腿子找死来了，待我先拿大话吓唬吓唬他。他叫翻译对韩慕侠说："康泰尔嫌你小，怕交起手来，一拳打死你。"

韩慕侠一听，银牙一咬，紧握双拳。但仔细一想，我来是为咱中国人出气，而不是沽名钓誉。今天无论成败与否，我要拼死吃河豚。他斜眼打量康泰尔，只见脸上横肉叠叠，脸色如灰；两条扫帚眉下一双三角狼眼，露着凶光；大鼻阔口，身如犀牛，头如笆斗，那体重足有二百多斤。相比之下，韩慕侠就显得十分矮小，台下的观众也都为韩慕侠捏着一把汗。

韩慕侠一瞧康泰尔骄横的模样，心里寻思：自古骄兵多数败，从来轻敌少成功。我何不借借他的骄气，再激激他呢？于是，韩慕侠对翻译说："你告诉他，就说我韩慕侠打他，如同猫戏耗子，可随纵随擒。"

话一说完，翻译小子差点儿跳了起来，心想：此人才不出众，貌不惊人，又没三头六臂，难道是吃了老虎心、豹子胆？于是，上前小声说道："好汉！这可不是闹着玩儿的，一交起手来，弄不好要丢命的。'识时务者为俊杰'，我看你还是三十六计——走为上计吧！"

韩慕侠一见这小子奴颜婢膝的样子，早就厌恶了，听了这番话，更加恶心，厉声轻喝："住口！你休长他人的威风，灭自家的志气！去！就说我敢同他立下生死文书。"翻译脸上红一阵、白一阵，只得把话翻译过去，康泰尔一听，气得七窍生烟，脱下衣服就要拼命。

就在这时，康泰尔又转了念头：不对！来者不善，善者不来，中国人厉害无比，八国联军时早就领教过了，我要小心谨慎。于是，他提了三个条件：第一，不准用拳击；第二，不准用指戳；第三，不准用腿勾。台下观众一听康泰尔提出如此荒谬的条件，议论纷纷。有人叫道："不能答应！不能答应！"

谁知韩慕侠却答应了，并写出生死文书。大家一定奇怪：这不明摆着是要吃亏吗？别急！听我慢慢说来。

韩慕侠本是河北沧州人，家道贫寒，性情刚强，自幼练功，武艺高超，本领过人。讲功夫：蹦、窜、躲、闪、跌、滚、翻、爬、挤、拉、贴、靠行行到家。论兵器：刀、枪、棍、剑、戟、叉、弓、索、锤、矛、铜等无不通晓。真可谓十八般武艺样样精通。尤其打得一手好八卦连环掌。这八卦连环掌共有八八六十四式，出手必交叉，举步则走圈，招数多端，变幻莫测，锐不可当。他见康泰尔提出荒谬条件，知道他未战先衰，干脆来个将计就计，用八卦连环掌出奇制胜。

再说康泰尔见韩慕侠答应了三个条件，不免沾沾自喜，心想：凭我拿手的绝招，多少外国名将都被我制服。再加上这三个条件，我看你如何动手！于是，他对韩慕侠点了点头，意思是叫他先进招。韩慕侠知道他是想掌握自己，便通过翻译说："我们向来是后发制人。"

康泰尔早就恨不得一口吞掉对方，一听此言，正中下怀。他鼓足了全身的力气，一个"饿虎扑食"，直取韩慕侠的咽喉。韩慕侠见他来势汹汹，来个避实就虚，两腿一使劲，跳到了侧边。康泰尔用力过猛，一下收不住脚，窜了过去。这小子满以为可以抓住对方，没料到扑了个空，人也不知上哪儿去了。待他转过身来，见韩慕侠在后头已摆好架式，就知道对手并不寻常。因为他打遍了四十六国，名将高手谁也躲不过他的这一绝招。

不过现在韩慕侠并不向前打他，他以为韩慕侠害怕，又猛扑上去。韩慕侠只是躲闪，并不回手。韩慕侠为什么不回手呢？原来第一个回合他就发现康泰尔辗转笨拙，就腾前跃后，引诱对方左旋右转，消耗体力。

看看康泰尔已气喘吁吁了，韩慕侠就瞅了个空子，来了个"韦陀献杵"，左手一掌朝康泰尔挡去。这康泰尔哪知其中奥妙，伸手来抓他的手腕。如果韩慕侠被他抓住，大局也就定了。就在康泰尔快抓住韩慕侠手腕

的刹那间，说时迟，那时快，韩慕侠忙飞身上前，右手一掌击中了康泰尔前胸。

康泰尔只觉得胸口一震，站立不稳，"腾腾腾"往后倒退了七八步，"噗通"一声，就像死猪似的瘫在地上，难以动弹，肚子里翻江倒海，就像打翻了五味瓶，甜、酸、苦、辣、涩一齐涌上心头，一阵恶心，张开大口，"哇哇哇"地吐了一地。这一掌还只有康泰尔挨得起，要是普通人，早就一命呜呼啰！过了好半晌，只见康泰尔灰溜溜地爬起来，大家以为他还要再打呢，只见他满脸羞愧地把所有金牌都交了出来——认输了。这时，台下掌声雷动，直冲云霄。

这消息就像插上了翅膀，传遍了中华，震动了寰宇。中国人民无不拍手称快，欢欣鼓舞！

代贵千打擂

　　1919年12月14日，在上海市万人巷立着一座擂台。擂台的正上方挂着一块大匾，上写四个大字"世界无敌"。看打擂的人还不少，男男女女，老老少少；黑眼珠的，黄眼珠的，蓝眼珠的，人山人海。擂台正中站着一个英国人。这家伙，身高二米三零，豹头环眼，虎背熊腰，身上长满了黑毛，大胳膊大腿，大脚丫子，大胯骨轴，鹰钩鼻子，三角眼，熊瞎子屁股，体重二百九十九斤九两七。他在擂台上这么一站，龇牙咧嘴，洋洋得意。

　　从擂台旁边走过来一位翻译，冲擂台下高声喊道："静一静，静一静，我来给大家介绍一下，这位是英国大力士史密斯·约逊先生，在今年欧洲万国力士比赛中，力挫二十八国名将，打败了上届冠军美国黑人比克，荣获世界拳王之称。今天来中国，是向中国表示友好，愿意把自己超人的本领教给咱中国人，来提高中国人的武术水平。为了让中国人感兴趣，特在上海立擂十天和中国武士们比武打擂。如果有人打约逊先生一拳者，奖励英镑二百；踢一脚者，奖励英镑五百，能把约逊先生打倒者，奖励英镑一千。不过，如果你武艺不佳，被约逊先生打伤、打死者，那可是白打。想打擂的，可要好好想一想。这可是世界拳王。"

　　擂台下的中国人，议论纷纷，这不是欺负咱中国人吗？外国人在中国的土地上，这样耀武扬威，横行霸道，自称什么"世界无敌"，这是侮辱我们的民族。难道说中国武士们真不敢上擂台和他打擂比武吗？

　　这时，擂台上，彩灯齐鸣，管乐齐奏，史密斯往前走了一步，首先表演腑上碎石、钢刀轧胫等硬气功。原来这个约逊从小弃文习武，他学会了西洋拳术、日本的空手道、朝鲜的跆拳道、泰国的仙人肘。他为了深造武功，又跟一位华侨气功师苦练，学了一些站桩、踢桩、砸碑开石等硬气功。所以他才能在万国力士比武赛中得了冠军。这小子得了冠军可了不得

啦，他认为世界上没有比他强的啦，不管走到什么地方，遇见什么场合，碰见什么样的人，他都讲，我要周游世界，打遍列国，让各国武士都屈服在我的神拳之下。当时就有人告诉他，世界武术精华首推中华民族，欧美远非对手，且莫狂语拾祸。约逊不但不听，反而大发雷霆，认为区区东亚病夫，不过草芥蝼蚁之辈，我马上就去中国，把他们一个个打翻在地，让他们知道我神拳的厉害。就这样，这小子才来到上海，准备立擂十天，和中国武士打擂比武。

这小子练了一阵子气功，又叫上来二十名中国彪形大汉。约逊一伸手，哗啦拿起一条铁链子，往自己脖子上一绕，让这二十个中国人往两头拉，约逊在当中双膀用力，大喊一声："嘿！"随着他的喊声，这二十个中国人全倒在擂台上。然后，他又叫这二十个中国人打他一个。这些中国人虽然长得身高体大，但都不会武功，被约逊打得在擂台上东藏西躲不敢上前。约逊一伸手，抓住两个彪形大汉，双膀一用力，把这两个往一块碰，头碰头，脸碰脸，身子碰身子。约逊那么大劲头，谁受得了。这两个中国人不想碰，想挣扎出去，可就是办不到。约逊两只大手像两把大钳子一样，死死抓住不放。砰，砰！一口气撞了二十几下。把这两个中国人撞得头破血流，奄奄一息。约逊双膀一用力往外一推，把这两个中国人"啪"的一声，从擂台上摔到擂台下，摔得脑浆迸裂，立即身亡。约逊哈哈大笑："哈哈哈！这就是你们东亚病夫的下场。你们中国人通通不行。我这次来到中国感到万分遗憾，你们中国人口众多，都是饭桶。"

擂台下的外国人口哨声四起，发出一阵狂傲的笑声。台下的中国人一个个面面相觑，看看被摔死的两个中国同胞，又看看擂台之上这个傲慢到极点的英国人，真是心中怒火烧。

这时，擂台的东南角下，有一个人咬牙切齿，剑眉倒竖，虎目圆睁。他暗自骂道："约逊，欺人太甚。"这个人脚底下一使劲，膀尖一晃，一个旱地拔葱就跳到擂台之上。这一下可把约逊吓了一跳。他万万没想到这个时候还有人敢上擂台和他比武。他上下左右，打量这个人。见此人年纪在三十开外，中等身材，干净利索，脸色是红中透亮，两道剑眉如墨染，目光炯炯令人寒。翻译走过来："喂！你是干什么的？打擂的，就你这百十多斤也敢打擂？！那两个彪形大汉的下场你看见了吗？难道你不怕死？""只要中国人不受外国人的欺辱，死而无怨。"翻译一看这人满

脸杀气，赶紧问道："你姓什么？叫什么，家住在什么地方？你和约逊先生比武有个好坏，我好给你家送个信。"这个人微微一笑："我是上海武术馆馆长代贵千。""啊！"代贵千这三个字一出口把翻译吓得倒退了好几步。擂台下响起一阵疾风暴雨般的掌声。在当地一提代贵千，不管是谁都知道他的武艺超群。老百姓早就盼望来个好汉上台把这小子狠狠地揍一顿。今日上海武术馆馆长代贵千亲自来到擂台之上。老百姓能不高兴吗？

代贵千七岁学艺，家传秘功，功夫出众，正气当先。他继承了代永拳的武艺，又拜少林派张彪为师学少林拳四年。他行如风，立如钉，手出如铜锤，脚落能生风。十八般兵刃无一不精，无一不熟。翻译一听代贵千，赶紧来到约逊面前用英语说："这个人就是上海武术馆馆长代贵千。"

约逊一听来者就是代贵千，也倒吸了一口凉气。为什么？因为约逊一到上海立擂，英国领事馆的人就告诉他："你在上海立擂和谁比武打擂都行，千万注意上海武术馆馆长代贵千。此人武艺超群，恐怕你不是他的对手，别丢了我们大英帝国的面子，见面千万别动手。"约逊就把代贵千这三个字记在心中。今日见代贵千来到擂台之上，约逊心中暗暗纳闷。代贵千不就是普普通通的一个中国人吗？他也不是什么站起来顶破天，坐下去压塌地的三头六臂的英雄好汉。他不就是百十来斤吗？就凭我英国大力士，体重二百九十九斤九两七，我能怕他吗？

他忽然想起一句中国老话：先下手为强，后下手遭殃。他见代贵千没注意，就猛的往前一进身，给代贵千来了个双龙落耳。拳头朝代贵千的两个太阳穴打来。代贵千见约逊往前一进身，就来了个童子拜佛，野马分鬃，"噼"的一掌。这一掌正好打在约逊的前胸上，打得约逊"啊"的一声倒退了七八步！差一点坐下。

这一掌把约逊给打昏啦。他自己都不知怎么退回去的，说："你好大的力气！"代贵千反带冷笑："我还没使劲呢，十成功才用了三成。"

约逊听了吓了一跳。这时台下的中国人笑声四起、掌声如雷。这一笑一鼓掌，使约逊恼羞成怒。他想：就凭我英国大力士欧美赛中的冠军，上届冠军美国黑人比克都让我打败啦，我哪能败在东亚病夫之手。今日有他没我，有我没他，二雄不可并立。这小子兽性发作，浑身一用劲把身子上的力量全部运到胳膊上。他膀子一晃，把胳膊上的劲又聚到拳头上。约逊身高二米三，手都跟簸箕那么大，拳头攥起来足有钵头大。这小子牙关一

咬，奔着代贵千的肚子打来。

代贵千一见他的拳头来啦，心中暗想：今日在擂台上，我要不露两手，外国人哪知我中华民族的厉害。代贵千双膀一晃，大喊一声。随着喊声只见代贵千肚上凸起了一个大包。约逊的拳头正好打在这个包上，就听"啪"的一声，再看代贵千在擂台上丁字步一站，气不长出，面不改色，稳如泰山。约逊这个拳头就像打在石头上，疼得这小子"哎哟！"直叫唤："你这是什么肚子？"

代贵千微微一笑："我这是中国人的肚子。""约逊，你打完我啦，该我打你啦！""NO，我的肚子不能打，一打肠子、肚子都出来啦，你换个地方打吧！"代贵千说："好，那就换个地方打！"代贵千往前一进身，两个人一交手，脚底下一使劲，一转就来到约逊身后，把拳高高举起。代贵千舌头根一顶上牙堂，使足劲，丹田一口混元气，"啪！"一掌打在约逊的背脊上。约逊立即感到有座山压在背上一样，大叫一声往前跑了十几步，摔倒在擂台上。只见他嘴一张，大口鲜血吐在擂台上。

顿时，擂台下一片欢呼，掌声雷动。

铁 砂 掌

  在沧州提起"铁砂掌",人们就讲杨八楞的故事。杨八楞自幼好武,脾气是专爱找硬的碰。沧州城的鼓楼上有几百斤的大铁钟,他用手推,用肩撞,又骑马蹲档式用屁股抵挡摆来的大钟,最后用头碰钟,在鼓楼下的人能听到嗡嗡响。种地打场用的碌碡,有四五百斤,他脚踢、手搬,每天玩弄。练得骑在碌碡上,两腿夹紧,身子向前一趴,把碌碡带得立起来,练得伸出大腿,把碌碡扒上腰部,然后用力一扔,能扔出五尺远。人们说,他练的是"笨功夫"、"傻功夫",故人们称他杨八楞。

  有一年,杨八楞的姐姐坐牛车回娘家来。卸车时,他姐姐说:"小心,这头牛抵人。"杨八楞没听清,端草来喂。牛见生人,低头便抵,撞在杨八楞左胯。他一转身,猛一掌,"砰"击在牛的右肋,牛退了两步,打起哆嗦来,不能吃草了,下午回到家里就死了。宰后一看,心脏处有一个大血块。

  1939年春,日寇在大白兔庄建立据点。有几个会空手道和相扑的日本兵,知道这个村练武术的人多,而且有个高手杨八楞,就命令村保长叫杨八楞去比武。杨八楞说:"怎么比?"一个日本兵用拙笨的汉语说:"摔跤!"杨八楞立好一摆手,那个日本兵扑上来就摔,杨八楞抓住他的两臂一拧,就把他摔在地上。日本兵爬起来哇哇大叫,扑上来又摔,杨八楞施一个绊子,又把他摔倒在地。日本兵恼羞成怒,跳到杨八楞身后。杨八楞不动,等他来摔。那日本兵一下上前搂住后腰,左推右扳摔不动,便张嘴咬住了杨八楞左肩。杨八楞心想咬得好,别怪我不客气了,一绷劲,日本兵的满嘴牙齿全被硌掉了,鲜血直流。其余人见了,谁也不敢上来。 一天,杨八楞刚从地里回来,村保长笑嘻嘻地迈进门坎说:"八爷,这回你走运啦。"杨八楞说:"穷人还有好事?!"村长笑呵呵地告诉八楞:"日本人看中了你的武功啦,不但不记仇,还请你去当教练,一个月给两

万块薪水，还不是走运吗？"

杨八楞想，他们想学会中国的武功再打中国人，没门！便冷冷地回答："我是吃饼子长大的，就觉得这个好吃，难道你不知道他们来中国是干什么的吗？告诉他们吧，就算给十万块，八爷也不侍候！"村保长先是好言相劝，后来又用恶语吓唬，杨八楞软硬都不买账。村保长只好灰溜溜地走了。

日本侵略者在沧州一带扫荡骚扰，奸淫烧杀，有的老人也被抓去筑公路，修炮楼。杨八楞眼看鬼子为非作歹，恨得咬牙切齿，就想找个机会教训他们。一天上午，杨八楞背着粪筐沿着乡间小路拾粪，突然跑来两个鬼子兵，端着明晃晃的刺刀，喊道："老头儿，修路的干活！"杨八楞把粪筐往地下一放，怒道："八爷不侍候！"两个鬼子气急，端起刺刀，对准杨八楞，其中一个使劲猛刺。杨八楞不慌不忙，不躲不闪，一伸左手捏住了刺刀，抢起右掌向前一步，"啪！"一声击在鬼子耳部。鬼子"哇"地一声，跌出一丈远，倒地便死了。

杨八楞看也不看，背起粪筐就往前走。另外一个鬼子见同伴死了，"呀，呀"叫着，从他后面刺来。杨八楞暗想，来得好，微一侧身，刺刀从腋下刺空。杨八楞使劲一夹，由于鬼子用力过猛，身子撞在杨八楞后背上，杨八楞一撅屁股，这个鬼子"咕咚"坐在地上。杨八楞回头一看，暗笑："正好！"两脚点地，纵身一起，"嗨"一声叫，屁股重重地坐在鬼子头上，"咯嚓嚓"，鬼子的脑袋被坐进腔子里，脊梁骨、肋条支了出来，五脏六腑也成了乱七八糟的一堆东西。

杨八楞解了恨，一心传授"铁砂掌"功夫给后代。日本鬼子知道这一带百姓个个都有武功，一直不敢搜村查户。